マドンナメイト文庫

美少女コレクター　狙われた幼乳

高村マルス

目次

contents

美少女コレクター　狙われた幼乳

第一章　狙われた苺乳

「準備係っ、集気瓶って言ったろう。これ、ビーカーじゃないか」

白衣を着た担任の山際洋光《やまぎわひろみつ》が、理科室の教卓の上に十個くらい置いてあるビーカーを指差して男子生徒を叱った。

「しゅうきびん……とか、わかんないよ」

準備係の男子は教室の端っこに突っ立っている。

「馬鹿か。前の授業でちゃんと教えてたぞ。置いてある棚の番号もな」

山際が言う集気瓶はビーカーと違って、口が本体と比べ細くなって平たいガラス板で蓋をすることができる。

手塚友莉《てづかゆり》はビーカーを見て間違えていることはわかっていた。班に分かれて燃焼実験をするが、友莉はちょっと理科の実験に対して苦手意識があった。

山際は大きな声で「班から一人ずつ来い」と言って、その男子の肩を押して自分もいっしょにいくつも並んだ大きな棚のほうへ行った。

「飯塚《いいづか》、言われたとおりちゃんとしろよ。時間が無駄になる」

まだその男子にイラつきながら、集気瓶というものを班に一個ずつ持っていかせた。見た目は普通のおじさんで、教師歴二十年。教師として厳しいほうに友莉は感じる。黒縁の眼鏡の奥で細い眼が光って、ときどきじっと見られているような気がしていた。

山際は時計を見てチェッと舌打ちし、その集気瓶を各班が準備すると授業を始めた。

「今日は前回言っていた燃焼実験を行う。三種類の気体を調べてみよう。瓶に水中で酸素、窒素、二酸化炭素を入れて、それぞれ火のついた蠟燭を入れて燃え方を調べる。まず酸素からだ」

白板に地球の大気の組成について、棒グラフの形で窒素七八%、酸素二一%、二酸化炭素〇・〇四%と板書されてある。山際は水をいっぱいに張った大きな容器の中に瓶を入れ、中を水で満たして空気を追い出した。その集気瓶に酸素のスプレー缶の長いノズルを入れて、シューッと酸素ガスを送り込んだ。

瓶の中の水が少し残ったくらいで、平たいガラス板で蓋をして手でしっかり押さえた。

「こうやって水中で蓋をして……」

集気瓶を外に出した。先端だけU字に曲げた針金に蠟燭が刺してある。蠟燭に火をつけて、ガラスの蓋を横にずらしてすばやく瓶の中に入れた。すると蠟燭はパッと明るく燃えた。

「うわぁ、すげえ！」

生徒たちが歓声をあげた。友莉も澄んだ大きな瞳をパチクリさせて見ている。

淡いピンクの長袖ブラウスを着て、襟には小さな白いリボンタイの飾りがついていた。髪の三つ編みが頭の横で団子のように丸く編まれていて愛らしい。厚みを感じる艶々した美しい黒髪は背中まであって美少女の証《あかし》と言える。ウエストが締まっているので、背もたれのない理科室の椅子に座った姿は後ろから見るとヒップラインが意外に大人だった。

「酸素は明るく燃えたね。ほかの二つの気体はどうなるかな。それじゃ、今やって見せたように、三つの気体を順にやってみよう」

友莉のいる班の男子がまず、山際と同じように酸素でやって勢いよく燃やした。

友莉は山際の視線に気づいた。山際がすっと近づいてくるのが眼に入った。

「次は窒素で……手塚、やってみて」

山際に言われ、友莉がやる番になって、ちょっと胸がドギドギしてくる。集気瓶を水中に入れた。

窒素のスプレー缶のノズルを水でいっぱいになった瓶に差し込んで、シューッとガスを入れていく。ブクブクと瓶の中に気体が入った。気体が充満してきて蓋をしようとした。が、瓶の口が水面から外に少し出てしまった。

「ほら、瓶を上げちゃだめだ、空気が入っただろう。窒素だけでなく別の気体も入ってしまった」

もたついていると、山際に背後に立たれた。ふと加齢臭ではないが、大人の男の体臭に気づいた。前にも臭ったことがある。

「もともと、瓶の中の空気を全部出したか？」

友莉が黙ってちょっと首をかしげると、

「水だけにしなきゃだめだ。もう一度やって」

友莉は水中で瓶を横にしてゆっくり振って水を瓶いっぱいに入れ、中の空気をすべて出した。

手を上から握られたまま瓶にノズルを入れ、シューッとガスを送り込んだ。

水中にガラス蓋を入れたが、蓋を持つ手も上から握られた。

友莉のお尻に山際のズボンの前が当たった。少し押しつけられている。白衣の長いすそで隠しながらやっていた。そのように友莉には思えた。

友莉はまん丸く肉がついたお尻で、何かの硬い出っ張りを敏感に感じ取った。

濃紺の細かい襞のあるミニスカートはどこか制服っぽい。ピンクのブラウスと色が補色の関係にあってややきつい色合いだが、よくマッチしている。今、担任教師の白衣のすそで半分は隠れているが、ミニスカートには丸くてセクシーなお尻の形が現れている。

やっぱり……と、友莉は思った。以前にも理科室のは背もたれのない椅子なので、座っていると背中に山際の手が触れてくることがあった。一度だけ腰の前の部分が当たったこともある。友莉はそのときからわざとされたと思っていた。

山際は以前理科室の隣の実験室で失火騒ぎを起こしていた。生徒の不注意だったようだが、複雑なことをさせていたみたいで、職員室でほかの教師と言い合いになっていたらしい。今日もだが、生徒を大声で叱ったり、睨みつけたりすることがたびたびあって、きつく叱られたことがない友莉も、山際には他の教師にない恐さを感じていた。大学が理系だったようで、理科室を使うときはいつも白衣を着ていた。三年前に離婚したという噂だ。

「うわぁ、たっくん、酸素出しすぎ」

「酸素じゃないよ、窒素」

「ブクブク泡が出っぱなしじゃあ」

声がうるさくて、友莉は男子のほうに一瞬気を取られた。

「こらぁ、騒ぐな！　馬鹿がっ！　遊びじゃないぞ」

山際は友莉を指導しているとき邪魔されたような気分になったのか、怒鳴り声をあげた。友莉はビクッとしてしまう。

山際は生徒どうしでたとえ授業内容に関してであっても、大きな歓声や笑い声がはずむと怒って大きな声をあげる。絶対に生徒中心の雰囲気を作らせない。そのとき山際は何の愛もないような顔つきをしていたように見えた。細い眼だが怒ると丸く大きく眼を見開く癖があって、ちょっと三白眼にもなる。そういうとき友莉にはとても恐い顔に見えた。

山際の表情と声の響きで嫌なムードがただよって、クラスの秩序がしっかり保たれている。同学年のいくつかのクラスで学級崩壊が起こっているが、山際のクラスに限ってはありえないと、友莉にもはっきりわかる。

「こうやってぇ……完全に水の中で蓋をしてぇ……」

友莉は今、水を張った容器のほうに前屈みになって立っている。お尻が後ろへ少し突き出されて、そこを狙うように山際が股間を押しつけてきた。

（あぁ、お、おチ×ポが……）

腰をわずかにくねらせた。お尻をぶるっと振ったりすると、周りの生徒にも気づかれてしまう。ゆっくり腰をひねるだけにした。

やがて、山際の前の部分がすっと離れた。

昨日は白の女児ショーツだったが、今日穿いているのはブルー系の中間色のショーツで化繊のつるつるした生地。お気に入りのビキニである。タグを見ると、ポリエステル八〇％とあった。そんなパンティを穿いている日はどこか恥ずかしい気分でちょっと快感でもある。

生地はもちろんぶかぶかしていない。女児ショーツのほうもデカパンではないし、ぶかぶかもしていないが、ビキニは当然お尻にも秘密のデリケート部分にも密着している。丸っこいお尻の真ん中の長く深い尻溝に、生地がキュッと挟み込まれていた。

一度指でスカートの上からつまんで引っ張ったが、歩いたりしているうちまたすぐ挟まってきた。挟まった感触が続いても嫌ではなく、もう指でつまんで直したりしなかった。

学校にそんなパンティを穿いてくると、スカートにショーツのゴムの線が出て、先生にも同級生にもビキニの形に気づかれてしまいそうだ。もうわかってるかもしれない。

薄い生地のスカートだからありうると思った。ビキニだからウエストゴムもすそゴムもお尻の上にある。そして先生の男の人の前の出っ張りが当たっていたのは、そのビキニラインのコリッと硬いウエストゴムのすぐ下だった。

山際の前がまたお尻に当てられた。

腰を屈めているようだ。友莉は気づいていた。身長の差から、その姿勢にならないとお尻にモッコリを当てることはできない。

(わざとなんだ。自分のエッチなところをお尻に当ててる!)

ずっとくっつけたままではバレそうだから、いったん離れてまた繰り返そうとしているのかもしれない。山際は前をくっつけた部分から、押しつけたままの状態でズズッと上に滑らせてきた。さらに角度を変えて今度はやや下にぐっと押しつけてくる。

(いやぁ、男の人の、さ、先っぽが……)

腰とお尻の境のあたりにそれがちょん、ちょんと二回当たったたような気がした。

以前、電車の中で痴漢に遭《あ》ったとき、お尻に亀頭をくっつけられたことがある。友莉は亀頭という名称を知っていた。性教育のたまもので、女性器、男性器について基礎知識はあった。そのときの亀頭の感触を今でも覚えている。それと同じ感触を今、お尻の柔らかいお肉で感じ取っていた。

（あぁ、ま、また来るぅ……）

おチ×ポの根元近く、キン玉のあたりを含めて、ベタッと尻たぶの柔らかい弾力のある部分に接触してきた。もう間違いなくわざとおチ×ポをくっつけている。

（あぅ……きっと、手で触られるわ）

おチ×ポを押し当ててきたなら、次はやっぱり手で直接お尻か、その近くに触ってくるはず。みんながいるところで、授業中に気づかれないように触る。たぶん、そういうやり方でエッチな気分を味わおうとしている。

やがて、山際のズボンの中の男のものが友莉のお尻から離れた。

握られていた手を放された。山際はさっと手を上げて戻すふりをして、友莉の胸に当てていった。

（やぁン、胸にぃ！）

乳首がピクンと震えるように感じた。乳輪の中にやや埋《うず》まっていた乳首が担任教師の指で刺激されて、わずかだが突起してきた。

最近大きくなってきて、気になって仕方がない乳房と乳首だった。

(胸のところ、ムズムズしてたら、いやぁ、いつの間にか大きくなってきて、飛び出しちゃった)

以前から胸の左右の二カ所が下着に当たって感じたりしていた。思春期で萌えてきた乳房は苺の形に膨らんで胸板から飛び出した。苺の先端は小さな粒のような乳首である。そして敏感そのものだった。だが、乳房そのものはまだ成長した少女のように丸く膨らむには至っていない。

ブラジャーをしていない乳房は、ジュニアスリップと透け感のあるピンクの長袖ブラウスを通して形状が露《あらわ》だった。ぷっくりと膨らんで少女のエロスを自己主張している。

第二次性徴により敏感化した乳首と、ちょっと痛みを感じる乳房の膨らみは、友莉の心を悩ませる。大人の貧乳とは異なる形状の小さく飛び出した、まさに苺の形をした幼い乳房であり、独特の卑猥感を持っている。

お尻と乳首を交互に刺激されて思わぬ快感が芽生えてしまった。触られて嬉しいわけではない。だが、快感は避けることができない。無理やりやられたら傷つくし、嫌なのに感じさせられたら悲しくなってしまう。

乳房は去年まで少し大きいおできくらいだった。学年が上がり、春になって急に胸板から苺の形に飛び出して硬くなってきた。すると担任教師の山際にじろじろ見られるようになった。

乳房が膨らんでくる過程で、ウエストもくびれ、お尻に丸く肉がついてきた。身長百四十六センチで身体つきはまだ華奢だが、少女なりのセクシーな肢体を持っている。友莉は以前から担任の山際を疑いの眼差しで見ていたが、山際のねちっこい視線でよけい自分の身体を意識するようになった。

友莉は山際の好色な前のモッコリと陰険な手が離れていくと、気を取り直してガラス蓋を横へずらし、火のついた蠟燭を瓶の中に入れた。火はすぐに消えた。先生はこれまでたくさんの生徒がいる前で、ばれないようにお尻と乳房に触られた。でも偶然を装って触っていたように思う。たとえ触られたと気づいても、それは不可抗力だったと思わせ、悟らせないようにしたのだろう。

そのときは故意か偶然かはっきりとはわからなかった。ただ、ちょっと振り返り、顔を見る勇気はなかったけれど、山際のほうに視線を向けて、無言で自分の意志を伝えようとした。

そのうち山際はほかの生徒に悟られぬように、故意であることをわからせて触るようになった。今日もそうだった。

そんなセクハラ的な恥ずかしいことはずっと以前、山際以外の教師との間でも経験していた。もう三年も前になるが、学校の身体検査で男の先生に乳首をじっと見られた。胸はまったく膨らんでいなかったが、羞恥心はあった。白い女児ショーツ一枚の裸を上から下までやや長い時間見られた。そんな経験から、いつか今日やられたように、学校の先生から恥ずかしい目に遭わされることは予想していた。

山際には数回痴漢同然に触られている。ただ、それほどしつこくないので友莉はさりげなく身体をひねるくらいで、ほぼされるがままになっていた。少しくらいならいいと半ば諦めの心境でいた。担任の教師との摩擦は起こしたくなかった。

同級生に知られて騒ぎになるのも嫌だった。それにたとえ問題にしたとしても、それを周囲に信じてもらえるとは限らない。美少女ゆえに同級生の嫉妬も感じていたので、少し弱気になることもあった。

「酸素には、ものを燃やす働きがあることがわかったね」

友莉の膨らみはじめた乳房を手でひと撫でしていった山際は、班に分かれた生徒から実験の結果を聞いて、それを板書した。

友莉は乳首にキュンと来た快感の余韻を引きずって、口が少し半開きになっている。

小さいが少女なりにセクシーなまん丸いお尻にも、男の前のモッコリの感触がまだ残っていた。後ろにボンと飛び出すように丸くお肉がついたお尻は、教師に悪意を起こさせた。「ノーブラ」の萌えはじめた苺形の乳房はそんな幼尻とともに、大人にはない清潔感に溢れている。

（いやっ、先生なのに触らないでぇ！）

担任教師の痴漢に等しい行為に友莉は心の中で悲鳴をあげた。

細くてスラリと長い脚もじっと見られて、慌てさせられたことがある。ミニの襞スカートのすそから出る二本の脚は、気持ちがいいほど長くスラリと伸びていて、太腿はそれなりに肉づきがいい。脛から足先まではけっこう細く華奢で、か弱く見える。友莉は山際の視線によって初めて、自分の脚に何か性的な魅力があると感じさせられた。

友莉の胴回りはまだいかにも子供だなと思える細さだった。ただ腰つきは痩せすぎではなく、妙にくびれている。S字カーブみたいなラインになって、単なる子供ではない雰囲気をただよわせていた。友莉は女として成長しつつある身体に、山際以外にも男性教師の視線を感じることがしばしばあった。

「顔立ちが整っているのがクールな印象だけど、話してみると性格のいい可愛い子だね……」

地区児童会で少し年上のお兄さんから、そんなふうに言われたこともあった。美少女という意味でもあるし、性格もいいと言われているから嬉しかったのを覚えている。

ずっと以前ショートカットであまり女の子らしくなかったが、今は艶のある黒髪を肩より下まで伸ばしている。背中のやや上のほうまでをたっぷりしたボリュームで覆って色っぽくなった。ただ、顔には年齢相応のあどけなさが溢れている。

「去年はもっと細くて、そんなに女の子っぽくない身体つきだった。今は見違えるように成長してきた」

山際には今日のように触られたりする前に、そんなことを言われていた。そのときドギマギさせられて何も言えなかったが、クラス担任ではない一年前から見られていたことがわかって、少し気持ちが悪かった。脚の長さと胴がちょうど同じくらいに見えるとも言っていた。


理科の授業が終わると、残りの授業は山際が接近してくる状況もなくて、無事に時間が過ぎていった。放課後になるまで教師のおチ×ポの感触がお尻に張りついてはいたが、ときどき感じていた粘着質な視線に悩まされることもなかった。

ばれないように前を押しつけたのでいちおう満足したのか、あまり繰り返しジロジロ見たりすると、ほかの生徒に気づかれそうだからか、とにかく山際は表面上は普通の教師に戻っていた。

下校時間が来ると、友莉もほかの生徒と同じように少し嬉しい気持ちになって、ランドセルを背負って教室の外へ出た。

友莉はバスで通学しているが、覚えているバスの時刻に間に合うようにバス停まで小走りになった。

「ヤン……」

薄い超ミニの襞スカートのすそが風のせいもあって翻《ひるがえ》った。

お気に入りのショーツがチラリと通行人に披露された。化繊の生地だし、ビキニだし、色もブルーだけど、でも気にしない。見られることには馴れているし、今日は危険な先生にそれ以上のことをされたから。

友莉はバスに乗ると、後ろへ後ろへと過ぎていく窓の外の景色を見ながら、理科室で自分の身に起こった恥ずかしい出来事を心の中で反芻《はんすう》した。子供ながら担任教師の行為を拒めなかった情けなさを感じている。山際の手がいやらしかったが、それよりズボンの前の膨らみを押しつけるテクニックが卑怯だと思った。

あぁう、で、でも……。

友莉は今、恥辱と言い知れぬ戸惑いを感じている。それは、担任教師の「イタズラ」を心のどこかで受け入れていたからである。

友莉は今日は一つ前のバス停で降りるつもりだった。たまに行く大型スーパーに行きたかったのだ。お目当ては二階の書店にある少女漫画だった。封がされていなくて、少しなら立ち読みもできた。

早く降りるので一番前の一人がけの座席が空くと、そこに座った。

吊り革に摑まって立っている大人の男を見ていると、ちょっと警戒してしまう。二人掛けの座席もあまり好きではない。横にいやらしい大人が座ってくることもある。

バスを降りた友莉は、バス停からすぐのところにあるスーパーまで、履いている光沢のある黒い靴で、歩道にコツコツと乾いた音を立てて歩いていった。

ちょっとよそ行きの革靴で底が硬い。同級生の中にはファッションにこだわる子もいるが、日ごろから人と少し違うセンスのいい服を着たりしている友莉は、靴だけ普通のシューズだったので、最近親にねだって高級なものを買ってもらった。

脚へのお洒落は最近になって考えるようになった。スラリとした美脚に似合うニーソックスをよく履くが、今日は短いソックスで、すそにレースのひらひらがついているおしゃまな白い靴下だった。すそがごく短いものなので、細くキュッと締まった足首がアキレス腱まで見えている。

ふくらはぎは細くて品の良さを感じさせる流線形である。お尻の丸み、ふくらはぎの形、そしてTシャツやキャミソールに現れる乳首のツンと尖った形が少女嗜好の男を刺激する。通行人にジロリと見られることなど頻繁に経験していた。

スーパーに着くと、エスカレーターで二階へ行き、二階の半分以上を占める百円ショップを通って奥の書店に入った。

漫画本の棚は二列あって混んでいた。互いに背を向けて並んで立ち読みしている人の間を、ウナギがするっと滑って抜けていくように通って、目的の少女漫画が十数巻ある棚の前に立った。

四巻目からはまだ読んでいないので、その本を手に取ろうとした。

本は異常にギッシリ詰めてあって、棚から取り出すのに一苦労した。本の上の端っこに指の爪をかけてグイグイ前に引こうとするが、本のその部分が傷みそうで、両隣の本を手で掻き分け何とか取り出した。

そうするうち、友莉は誰かが自分の背後にピタリとくっついて立つのを感じた。振り返ると前に見たことのある男だった。

（また、あの人だ……）

若い学生のように見える男で、ジャケットを着て細いネクタイも締めて、ちょっとだけイケメンにも見える。背は高くなくて、どこか頼りない感じ。優男で恐い感じはしないが、以前この書店と文房具売場でお尻に触られたことがある。しかもかなりしつこくやられた。書店で触られて文房具のほうに逃げたら追いかけてきて、またお尻にイタズラされた。

お尻にピタッと手のひらを当てられた。そろりそろりと撫でられる。

（やーん、どうしよう……）

もじもじしていると、男の指がお尻の真ん中まで来て、スカートの上からだが、ビキニショーツの薄い生地が尻溝に食い込むまでぐっと押された。

お尻を少し振っても、その手は離れなかった。指がお尻の穴付近に食い込まされたままになった。漫画本を持つ手が震えている。

後ろから身体で棚のほうへ押されて圧迫されると、ほとんど動けなくなった。男にはランドセルを押されている。黒髪が背にかかるくらい長いので、髪の先のほうがランドセルの上に乗っている。前に痴漢されたときは、髪もその男に撫でられたりしていた。またやられそうな気がする。

男の脚がもう自分の脚の横にくっついていて、横に逃げられないようにされている。

でも、まだパンティの上からじかに触られてはいない。前にやられたときには、スカートの中に一瞬だが手を入れられてお尻を触られた。そのとき「ひゃっ」と声を出してしまったが、男も驚いたのか手を引っ込めて、何とか逃げることができた。

そのときは周りに人がいなかったから思わずではあっても声を出すことができた。だけど、今は人がいっぱいいるので、とても声をあげる勇気がない。このまま触られてスカートの中に手を入れられそうだ。

そんなの嫌っ。恥ずかしい！

まさかそこまではやらないかも？　人がたくさんいるから。でも、痴漢にとってぎゅうぎゅう詰めの満員電車のような状態で絶好のチャンスにも思える。

棚の端で壁際に追い詰められている。反対側のほうへは脚を前に出されて、靴に彼の靴がピタッとくっつけられて通せんぼされている状態なのだ。

ミニスカートだもん。手を入れられちゃうわ。

その危険を如実に感じていた。

ほかの女の子にも痴漢してるのかな？　大胆にやってくるからたぶん常習だろう。きっとおチ×ポを立ててる――。

数年前、親といっしょにデパートに行ったときのこと。親が離れた隙に中年男の痴漢にすれ違いざまお尻をすっと撫でられた。痴漢には油断も隙もあったものではない。

男の指はお尻の割れ目を上下に、そろりそろりとゆっくりだが確実に撫でてきた。そして中指だろうか、力の強い指がもぐり込むように突き立てられて、上へぐっと曲げられた。

「あぅン……」

小さな声を漏らした。指は一瞬止まったが、また活動を始めた。曲げられて尻たぶの真ん中に少しもぐり込み、ちょい、ちょいと上下に何度か曲げ伸ばしされて、からかうように尻たぶの割れ目をいじられた。友莉の意識はその愛撫に集中してしまう。

（や、やめてぇ……）

無言で念じて耐えるが、痴漢の行為は止まらない。抵抗しないと調子に乗ってやられることはわかっている。でも騒ぎになりたくなかった。

少しの間我慢すればいいと思っていると、指がお尻からすっと離れた。

次に何をされるのか不安になった。

（あぁ、やっぱり）

薄いショーツの生地越しに男の指を感じた。恐れていたことになった。痴漢はスカートの上から触るだけでは満足しなかった。スカートの中に手を入れられてお尻の真ん中を捉えられた。

左右の尻たぶの丸いすその部分を、さっきと同じように指を曲げ伸ばしして上下に繰り返し撫でられた。友莉のマシュマロのように柔らかいお尻を楽しまれている。

（い、いやぁ、パンティの上から直に……）

心では拒否している。だが行動には表せなかった。やっぱり恐いし、恥ずかしい。学校では担任教師に触られ、学校帰りには痴漢に遭う。友莉にとって今日は最悪の日になった。

捕まったら大変なのに、なぜそんな危険を冒すのだろう。でもそれは先生も同じ。わたしがお店の人とか、先生の場合は親とかに絶対言わないと思っているのだろうか。

やがて、痴漢の指はもっと奥まった部分に伸びてきた。お尻から股間へ侵入してきたのだ。

（ああっ、そ、そこは……）

そこまで触られるとは思っていなかった。痴漢ってお尻を触るだけだと思い込んでいた。指は中指一本だけになったようだった。

痴漢は指一本まっすぐに伸ばして股間へ入れてきた。

った。

（やぁン、だ、だめぇぇ！）

やはり心の中では拒絶の声をあげていた。でも、口は開かない。やめてと言えなかった。

ピクンと、腰が反応して痙攣した。

女の子の一番のウイークポイントを指で捕捉されていた。自分でもはっきり全体を見たことのない割れ目、恥裂にベタッと指全体を当てられて、指を曲げたり伸ばしたりを繰り返された。

「あぅ」

またちょっとだけ声が出た。ぐりぐりとその感じすぎる神秘的な少女の器官――小さな豆のような突起と友莉が認識している「生理」に関する穴――をパンティの上からとはいえ、好きでもない大人の男にいじられはじめた。

絶対いやっ、と念じるが、痴漢の手は止められない。拒絶する気持ちが強くなって、ギュッと膣に力が入ってしまう。

友莉の中では膣という名称はあまり意識されていなかった。クラスの女子が言う生理の穴、生理が出るところという名前になっている。そして友莉はまだ生理は経験していない。

友莉は肉芽と膣口付近をいじられて快感に襲われていた。お尻を触られたとき感じなかったジンと来る性感が自分の身に起こった。十往復、二十往復撫でられつづけ、ごくたまにやるオナニーと同じ快感に見舞われてくる。

（あっ、いやっ……そ、そんなぁ！）

ジュッと何かが溢れてきた。オシッコではない何かが……。

感じると「生理の穴」から粘液が出てくることはオナニーで知っていた。

（あう……セックスのとき、男の人のおチ×ポを滑り込ませる液！）

友莉は性教育とクラスの女子の猥談で、今自分の膣から出ている粘液が男のペニスを滑らせて膣の中に入れるための潤滑液だということを知っていた。

でも、痴漢なんかに触られて、絶対嫌なのに感じて、その液が、愛液が出ちゃうなんてぇ……。

友莉は愛液という名称も女子の猥談で知っていた。電車で通学している子の話では、毎日のように痴漢が出て、お尻や膨らんできた胸に触られたという。その子たちの話では膣がヌルヌルしてしまった子もいたのだ。それが今、自分の身に起こっている。しかも普通痴漢なんて出ないような書店でやられている。運が悪すぎる気がした。

愛液はやがて生地の薄いビキニショーツに染みて、それがわかる友莉は痴漢の指にも液がついてしまうのではないかと恐れた。痴漢が悪いのに、自分が恥ずかしい女の子になってしまうような、悪くすると自虐的な思いに駆られてくる。

痴漢は女の子の顔を見てやっていると思っていた。心のどこかに可愛いので狙われているという妙な自負心がないとは言えなかった。

不意に、後ろでごそっと音がして人が離れた。すると痴漢の手が止まった。

別の人がその場所に入ってきた。痴漢は警戒したのか、スカートの中から手を抜いた。

男はしばらく動かなかった。友莉はもうやめたのではないかと思い、身体の向きだけ変えようとして、彼に対して横向きになった。そうやって前へ一歩出て離れようとした。

だが、その拍子に痴漢は次の行動に出た。手がすっと友莉の胸まで上がってきたのだ。

（やだぁぁ！）

声は出さないが、触られる一瞬前に身体をひねってまた背中を向けた。だが、背中にピタリと身体をくっつけてきて、片手は腰に当てられた。男の逃がさないぞという強い意志のようなものを感じて恐くなる。

淡いピンクのブラウスの上から、苺形に飛び出した乳房にそっと指を当てられた。

（あぁ、だ、だめぇぇ……）

棚に陳列された本をじっと見ている。その眼差しが凍りつく。乳首を上から圧迫して少し凹《へこ》ませるくらいにされて、その指がゆっくり動きはじめた。

感じさせようとしてる――直感的にそう思った。友莉の乳房は乳輪がわずかに厚みがあって、先端の乳頭はごく小さい。その小豆大の乳頭を指の爪で掻くようにすばやく細かく玩弄してきた。

（くうっ！）

鋭く感じて虫唾《むしず》が走り、今度は身体をやや強くひねって触ってくる手から逃れた。

横にいた人が気づいたのかどうかわからないが、顔をじっと見られた。痴漢もそれに気づいて臆したのか、胸から手を離してさっと下ろした。

そのあと痴漢は腰に当てていた手を動かして腰骨のあたりを撫でていたが、右の尻たぶからすーっと左の尻たぶまで大きく横に撫でたのを最後に、さっさと逃げるようにどこかに行ってしまった。

やっぱり抵抗すれば、しつこい痴漢も諦めてやめてしまう。しょぼんとした情けないような感じに見える二十歳くらいの男で、友莉はそんなに怒る気にもなれなかった。

羞恥心を刺激されたし、腹立たしい気持ちもありはするが、傷つくというほどではなかった。

お尻と乳房と恥裂を長い時間撫でられて感じてしまった。前にやられたときのように髪は撫でられなかったが、ショーツの股布に愛液が染み込んでいるのがはっきりわかる。

友莉は先生と同じなのかなと、ふと思った。人が多いところで上手くやったほうが二人きりでやって目立つよりばれないと思っているのではないか。胸から飛び出すような形の乳房は男の人を引きつけてしまう。そんな気がして、羞恥と妙な興奮を感じてしまった。


スーパーを出た友莉はもやもやと悩ましい気持ちになっていた。自宅まではもう一つバス停があり、やや距離があった。バスを待つ時間も鬱陶しくなっている。

友莉は何となく歩いて帰りたくなった。乳首やお尻、お股に大人の指の感触を残しながら、てくてく歩いていく。まもなく濃い緑の植え込みに囲まれた公園に差しかかった。

すぐには帰りたくないような気持ちになっていた友莉は、ふらりと公園に入っていった。

いつだったか一度中を通り抜けたことがあるが、何かの記念碑と背もたれのないプラスチックのベンチと花壇があるだけの小さな公園だった。

秋には記念碑の周囲が落ち葉で絨毯を敷いたようになって綺麗だが、今は地べたに湿ったような葉っぱがちらほらしているだけだった。やや大きな木にバラ科と書かれた札が幹にかけられていた。

友莉はしばらくベンチに座っていた。背後に深い用水路が通っていて、流れる水の音が聞こえる。危険を避けるためかフェンスが張ってあり、水路のほうへは行けないようになっている。公園に人の姿はなかった。

まだ乳首が立っているような気がする。アソコも濡れている。

友莉はランドセルを肩から下ろして、太腿の上に乗せた。

手をランドセルの下に忍ばせた。さっき痴漢に触られた部分へ指を伸ばしていく。女子の間でもときどき割れ目ちゃんと言っている前の部分に指を這わせた。

心なしか熱を持っているような気がする。まだ快感が残っていた。

ほんのわずかな時間だったが、背後からスカートに手を入れられて玩具にされたのは、外からの刺激に弱い秘部である。膣と敏感な突起を指先で愛撫され、拒否したいのにできないもどかしさの中で感じてしまった。幼い少女なのに、愛液がジュッと出たのである。やや分量も多く、湿る程度ではなく、ヌルヌルしている。

（あぁ、先生にやられていたからだわ。二人のエッチな大人に次々に……い、いやっ！）

タイプはかなり違う二人に見えたが、男のスケベな欲望は同じだった。無理やり触る男の人なんてもちろん嫌いだった。なのに身体が反応してしまう。自分の中にまるでもう一人の自分がいるようなゾッとする気持ちになってくる。

愛液の濡れに悩み、また、それを味わって興奮もしている友莉は、視線がふと、公園のトイレに向いた。

あたりをキョロキョロして見回して、誰も見ていないことを確認した。

胡乱《うろん》な眼差しになって、ベンチから立った。

トイレは以前見たものとは違って新しくなっていた。中に入って、駅のトイレみたいなスライド式のしっかりした鍵をかけた。

ハンガーに吊るされたトイレットペーパーも綺麗で、替えのトイレットペーパーも山積みされて置かれていた。

友莉はオシッコをしたいのではなかった。汚いトイレだったら入らなかった。壁にオマ×コしたいという落書きがあったが特に何とも思わない。

ドアの高い位置に頑丈そうなフックがあったので、そこにランドセルをかけた。

友莉はビキニショーツの幅の狭いクロッチの下で、濡れた小陰唇が花びらを開いている。ビキニショーツの上から恐るおそる指を這わせた。クロッチに愛液のヌメリが滲み出ているのがわかる。

今、公園のトイレの中で人知れずオナニーをしようとしている。そんな自分を直視すると恥ずかしくなる。

乳首にもスリップの上から触っていく。突起した乳首を手で撫でてみた。

「か、感じるぅ……」

外でオナニーをするという恥ずかしい行為で、気持ちの上でも萌えてくる。

クロッチの生地がピタッと粘膜に当たっている。痴漢にやられたようにゆっくり指の腹で前後に撫でていく。

指先が上のほうに来て肉芽に当たった。そこはクリトリスという名前の、女の一番感じるところだと知っている。家で何回かオナニーをしてその快感の強さも経験済みだった。

「あっ、あうぅ……か、感じるぅ……」

いけないことだと知りつつ、どうしても指が動いてしまう。またジュッとあの卑猥な粘液が「生理の穴」から出てきた。

「あぁン、感じちゃう！」

淫靡な快感が花びら満開のピンクのお肉を支配した。

（も、もう、直接触るわ）

パンティを下ろして股間のクロッチの部分を見た。

（あぅ、やっぱり）

クロッチにねっとりと愛液がついていた。ブルー系中間色の生地に濡れ光るやや幅のある筋ができている。染みているので少し色が濃くなっていた。

奥まったところにある幼膣の穴は触らず、触りやすい突起、肉芽だけ指の腹で押さえて、グニグニとゆっくりだが確実に感じるように細かく揉んでいく。

「ああっ、また愛液が……で、出るぅ！」

友莉は恥ずかしいのに、屋外トイレの中で口に出して言ってみた。すると、よけい感じるような気がした。

声を出すと壁に反響して聞こえ、外に漏れないかちょっと心配になるが、また「感じちゃうー」と、声に出してみた。すると、クリトリスの快感が積み重なってさらに愛液が漏れてきた。

恥ずかしいことをしている――その思いで興奮してきた。露出の妄想と妙な解放感の中で、ピンクの肉真珠を揉みつづける。

「くうぅぅーっ！」

快感が急激に強くなった。イキはしないが、快感の声を嚙み殺す。

そのとき、人の足音が聞こえてきた。

「誰か入ってるんじゃない？」

女の声だった。大人のようで、一瞬ドキリとさせられた。

親子連れかもしれない。子供の小さな声も聞こえたような気がした。

ふっと溜め息を漏らして、ショーツをしっかり穿いた。

友莉は人の気配がしなくなるまで待って、何事もなかったかのような顔をしてトイレから出た。

第二章　秘蜜の放課後

理科室でのことがあってから、二カ月ほど経《た》っていた。その後、友莉は羞恥と快感で悩ましくなっていたが、担任の山際からはときどきお尻を撫でられたりしていた。

初夏の清々《すがすが》しい晴天が続く季節になっている。

今日も教室の中で山際が後ろを通っていくとき、悪い予感がしたが、手の甲をお尻にちょんと当てて触られた。昨日もやられていて、すれ違うとき腰のあたりに指が引っかかり、その指が跳ねて手が前へ振れ、戻ったときお尻にポンと当たった。間違いなく故意だった。

偶然を装ってやる手管でお尻を触られても、友莉は恥ずかしさを誤魔化すように屈託のない表情を見せていた。

（あぁ、でも……そんな黙っておとなしくしている可愛い子だと、先生、興奮するのかも？）

逃げようか、それともいやらしい山際の手を自分の手で払いのけるか、言葉で拒否するか、友莉は戸惑いを感じている。

（わたし、先生の視線が胸に注がれているのを知っていて、それはそれでいいと認めてた）

自分の心の中が見透かされているような気がした。山際の口元の笑みでそんなふうに見えた。わたしに気づかれていることがわかっていて、余裕のある表情でこっちを見てくる。でもそんなに嫌な気はしない。わがままな生徒には異常なまでに厳しいけれど、わたしにはエッチでも優しさを感じる。もちろんエッチで厳しかったら化け物だろう。優しいのは当たり前かもしれないけれど。

少なくとも友莉は反発して山際を睨んだりはしない。恐いとかトラブルが嫌だからということもあるが、それよりも声をあげるほど腹立たしかったり、嫌いになったりはしていないからだ。

友莉は今、運動場で体育座りになっている。今日は体育の授業があるから、朝から少し心配だった。

立てた脚をやや開いている。不安だったのは白い体操着に新たな下着が透けて見えていることだった。

友莉は昨日学校から帰ると、母親に連れられてデパートへ行き、トキメキの初ブラ体験をした。山際に挨拶代わりに身体に触られるようになってから、まもなく友莉の身に大きな変化が起こった。初経を迎えたのだ。

苺の形に飛び出しているだけだった乳房が丸みを帯びてくると、まだ大人の乳房には程遠い形だったが、前に突き出すように成長してきていたため、親にブラジャーを買い与えられた。

試着室で乳房を覆ったのはホックつきブラジャーで、柔らかい樹脂のワイヤー入りだった。ブラカップの内側はとても柔らかく、敏感な乳首も接触して気にはなるが痛くはなかった。

ブラジャーを着けた友莉はいちだんと大人に近づいたような気持ちになった。クラスで一番可愛いと言われていたこともあって、性的な自意識が深まっていった。

今日の体育の授業で、まず更衣室での着替えが心配だったが、女子からは大人になったねというくらいで、特に冷やかされることはなかった。ブラジャーをしている子はクラスでほかに四、五人いた。

夏物の半袖の体操着は露出部分も多く、生地も薄い。透けて見えていることはわかっている。友莉は嫌でも自分のブラジャーの姿を意識した。そんな気持ちでいることは山際に知れてしまう。

ブラジャーをした胸をきっとエッチな眼で見てくる。

そうに決まってるわ……。

だが、友莉は見られる恥ずかしさの中に、快感のようなものも見出そうとしていた。ブラジャーをするようになった友莉だが、年齢ではまだほんの子供に過ぎない。全身からいたいけな少女のオーラを放っていた。

「今日は跳び箱だけど、体育館が使えない。体育係は終わってから跳び箱を倉庫に持っていって、よく拭いておくんだぞ」

体育座りになっている友莉は、生徒を座らせて説明をする山際の視線を痛いほど感じていた。胸から股間まで見られている。ブラジャーに気づかれていることも視線からわかった。しかも熱い視線がときどき股間を射抜く。体操着のショートパンツには細長い楕円の大陰唇の形が露になっていた。

両手を前で組んで隠しかけたが、それがかえって恥ずかしく、左右の膝小僧をつけて脚を閉じるだけにしていた。その行動で、山際は話をしながらときどきチラチラと友莉の股間を正面から見ていた。

準備体操のあと、跳び箱を高くしながら並んだ生徒たちが次々に跳んでいった。

友莉も山際の視線に煽られながら、開脚して跳び箱を跳び越えた。

「あぅ……」

マットに着地して、ブラジャーに包まれた乳房をプルンと揺らした。

体育の授業では、山際もさすがに手を出してこなかった。理科室でやったときのように誤魔化す術《すべ》がないのだろう。ただじっくり見られることは覚悟していたし、実際そのとおりバストは視姦されていた。

その日、絶対何かされると思っていたが、その後の授業でも何事もなかった。だが、案の定テストで同じところを間違えたことを口実に、教室に一人残された。

友莉は自分の席ではなく、そわそわしてノートパソコンが置かれている教室の後ろの隅に行き、ちょこんと立って山際が来るのを待っていた。すぐ後ろの名札つきの棚に自分のランドセルが入れてある。ランドセルを背負ってさっさと帰ってしまおうかと、ふと思ったりもする。

やがて山際がやってきた。誰もいない放課後の教室に担任教師と二人きりになった。

「先生ぇ……」

上目遣いに山際を見る。テストのことなんて口実だとわかっている。それを問うよ

うな視線を投げた。山際は黙っていたが、やがて、

「テストなんて関係ないさ」

ちょっと視線をそらして、そう言ってきた。正直というかあからさまに言われて、友莉もドギマギさせられた。視線はバストに向けられている。

「むふふ、先生、前から友莉ちゃんのこと見てたよ」

「ど、どういう意味……ですかぁ？」

友莉は胸の鼓動が鳴っている。ほぼ始業式の日から、特別な眼で見られていることは勘づいていた。さらに見られていただけでなく、触られていたことも。

「どうしても見てしまう。友莉ちゃんが自然に誘惑してくるんだ」

「えっ、そんなこと言われても、わからないわ……」

山際の言うことがまったく理解できないというわけではなかった。誘惑などという意識はないが、自分が大人から見ても可愛い子だという自意識はあったし、視線やお触りしてくるエッチな手を半ば受け入れていたから、山際からすると誘っているようにも見えるのだろう。

「先生は友莉ちゃんのお尻や胸を前から見てたんだ」

「あぅ……」

ハッとして、上目で山際を見てしまう。正直に言うというより、ことさらいやらしいことを言って恐がらせようとしているように友莉には思えた。

「まだ小さくて大人の乳房の形になっていない。でも、それがいいんだ」

「い、いやぁン」

「少女のときにしか見られない、ゾクゾクする、悪くすると勃起してしまう乳房とお尻の形なんだよ」

「やだぁ、そんなこと言うのエッチ。言わないでっ」

大人の男の人はわざといやらしく言って、触って辱めて悦ぶことをする。それはこれまでのことを思い出してみても同じで、とっくにわかっている。

「友莉ちゃん、もっと小さいころから見てたよ。きっと美少女になって楽しませてくれるって……」

「えーっ、小さいころからってぇ……い、いやだぁ」

以前からエッチな眼で見られていたことは知っている。でも小さいころからってどのくらい前のことだろう。気づかないうちから見られていたのか。ちょっと恐くなる。

「入学のときはまだ小さくて、ちょこまか動く感じで、まあ、小さすぎると、やっぱり色気というか、セクシーさが足りなくて、お尻とか可愛いけれど、興奮するところまでいかなかったんだ」

「あぁ、そんなころからぁ……興奮なんて、見るだけで興奮されたら、わたし……」

入学のときなんてまだ幼児にすぎない。そのときは興奮しなかったと言うが、そんなに前から眼をつけられていたなんて、何と言ったらいいかわからなかった。

「今は、すごくいいよ。お尻は丸っこいだけで、横にはそれほど張っていないけれど、大人になったらぐっと張ってきて、下半身の色気が半端ないと思うよ。でも、今は今なりにロリータのお尻として完璧だよ」

「い、いやぁぁ……」

山際は以前と比べてロリータという言葉で違いを言っているが、友莉はあまり理解できないし、山際が特殊な感覚で自分を見ている気がして恐くなる。

「去年も見ていたよ。胸ぜんぜん出てなかったけれど、身体の線はセクシーで、ゾクッとしたのは覚えてる。ふふ、今はオッパイ膨らんできて、いいねえ」

「やぁン、胸のこと言わないでぇ」

乳房はずっと以前から気にしていたから、今でもはっきり指摘されると恥ずかしい。

「ブラジャーの線が透けてるよ。大人のセクシーさを感じるね。でも、気をつけるようにね」

何を気をつけるというのかよくわからない。あまり透ける服を着ないようにという注意なのか。

肩のブラジャーストラップを指でスーッとなぞられた。

「ああっ、触らないで」

友莉は身震いしてしまう。さらに透けて見えているブラカップの丸い縁を指先でなぞられた。

そんな触り方、これまでとは違って故意であることははっきりしている。

あぁ、でも……。

抵抗はしない。恐さもあるが、これまでも痴漢のような行為を繰り返されてきて、気持ちの中ではすでに服の上から触れられるくらいなら、我慢できる範囲にあった。それに、どこかわずかな期待感が――そんな思いが芽生えるが、無言でプルッと首を振って心の中で否定しようとした。

「身体全体がスラリとしてる。オッパイはブラをしてても、そんなには膨らんでないね。でも可愛い乳房だ。先生はそんな友莉ちゃんのオッパイが好きさ。それに身体の線だけ見ると意外に大人っぽいんだよ」

乳房を品評されて羞恥と屈辱を感じる。直接的にオッパイのことを指摘されたくなろされた。
ウエストからヒップへのＳ字カーブを、手のひらをベタッとつけてゆっくり撫で下
「ロリボディの悩ましい曲線を持ってる」
かった。身体の線を褒められると、面《おも》はゆい気持ちになる。

「だ、だめぇぇ……」
友莉は怖気を振るって、腰をひねった。拒む仕草ではあるが、強く拒絶するほどで
はないので、山際に余裕を持って見下ろされている。
「先生、自分でも思うんだけど、ランドセルを背負った美少女をじっと見るのはドス
黒い欲望かなって。さ、触るのはもちろん……でも、やめられない」
山際は抜けぬけとそう言った。
友莉は山際の視線を今度は脚に受けた。横にしゃがまれたので、あっと言って警戒
すると、指先で足首からすーっとふくらはぎまで撫でられた。さらにもう一度、足首
から今度は内腿まで一気に撫で上げられた。
「あぁああぁっ！」
今度はゾッとして、うぶ毛さえ生えていないすべすべのスレンダーな脚がいっぺん
に鳥肌立った。

「友莉ちゃんをスケベな思いで見ていると、後ろ暗くなるけれど、でも、ムラムラッと来る……」

「いやっ、言い方が恐いっ」

「言わせてよ。とても卑猥な妄想に入っていって、おチ×ポが立ってくるよ」

「い、いやぁ、学校の先生がそんなこと言っちゃいけないわ」

「先生にじっと見られているとき、それに気づいた友莉ちゃんは、視線が空中を泳いでたよ。お口が少し開いてぼーっとする感じだけど、美少女だから可愛いし、セクシーなんだ」

「あぁう……もう、聞きたくない……」

言っていることは友莉もほぼわかっている。山際がわざとスケベな言い方をして、自分で興奮しようとしていることとも。

大人からそれとわかる欲望の眼で凝視するように見られたりしたら、狼狽《うろた》えてしまう。だが、友莉はそんな山際の視線に最初は別として徐々に馴れてきたし、見られる快感を受け入れていった。触られるかもしれないという緊張感を味わっているうちに、やがてそれが興奮に結びついた。

体育のときは短いソックスに替えていたが、今は登校したときと同じ長いニーソックスを履いている。少女でも脚がスラリと長くないと似合わないが、友莉の美脚にはよく似合っている。

「綺麗な太腿だね……」

山際にソックスを留めるストレッチ部のすぐ上、いわゆる絶対領域の白い内腿の部分をじっと見入るような眼差しで見られている。「太腿」と言われてちょっと恥ずかしい。何かエッチな感じがするように故意に言ったように聞こえた。

穿いているひらひらしたフレアミニスカートは、すそ丈が股下五、六センチくらいの危なっかしい超ミニである。山際だけでなく道を歩いているときなど、一般の男性の眼を引いた。風などで捲れやすいから、何度も下着が丸見えになったことがある。わかってはいるけれど、見た目の可愛さや涼しさから、超ミニではなくてもフレアタイプのミニを穿くことが多い。

「ふふ、すごく短いスカートを穿いているね。悪知恵が働けば、下着くらい見せるチャンスはいくらでもあるな」

「えっ?」

見せるなんて考えたこともない。ミニはニーソックスと組み合わせだし、初夏のぽかぽか陽気で暑いから、超ミニを穿いていた。

友莉は山際に緊張を強いられるような間近から、しばらく見下ろされていた。お尻にも興味津々だろうから、きっと触られる。まさか服を脱がされるなんてことは――もしそうなったら、何とか抵抗してやめてもらおう。友莉は最悪の想定もした。

まだ山際に見つめられている。羞恥と緊張から胸の鼓動が速くなってきた。

「くるっと回って」

その場で身体を回転させるように促された。

「回るのぉ？」

妙なことを求められて戸惑う。でも、言うとおりにしないと何か気まずくなるような気がして、思わずゆっくりだがやってしまった。ミニスカートのすそが少しだけふわっと翻った。

「もっと、速く、くるっと！」

「えーっ」

山際の目的はわかる。パンツ丸見えがご希望なのだろう。そんなこと恥ずかしい。でも、その場の雰囲気に呑まれて、やらないとやっぱり気まずくなると思った。

両手を少し広げて、くるりと回った。すると、スカートがかなり上がって翻った。

「おお……」

山際の声が嬉しそうな響きに聞こえた。ショーツに包まれた丸いお尻が露になった。綺麗なW字を描く尻たぶのすそが大人の男を魅惑する。

今日は白のジュニアショーツ。コットンだが、お気に入りのセミビキニだった。化織のショーツでセミビキニやビキニもあるが、体育の授業がある日で、着替えのときみんなに見られるから、その手のパンティは穿いてこなかった。

パンツ丸見えは恥ずかしいが、ちょっぴり嬉しくもある。もうそんな気持ちに傾いていた。

「もう一回」

言われて、またくるりと回った。友莉は要求されていないのに、さらに勢いよく回って、スカートのすそをシャンプーハットのように水平に翻らせた。ショーツは丸見えになった。

長い睫毛を瞬きさせて、甘えるような上目遣いで山際を見てしまう。お尻だけでなく、前もしっかり見せてあげた。そんな茶目っ気を見せる。

「スカートがふわっと捲れて、パンツが見えちゃうと、本当に可愛いね」

山際に陶然とした眼で見下ろされている。身長が百七十六センチだと言っていた。すごく背が高く見えて、近くから見下ろされるとやっぱり恐かった。そんな先生のペースに巻き込まれるのは不安だけど、テストの口実のことを正直に言ってくれて嬉しいような気持ちになっていた。

山際にまたすぐそばに立たれた。

触られちゃうと思ってお尻のほうを見ると、やっぱり手が伸びてきて、スカートの上から手のひら全体でお尻を大きくゆっくりと撫でられた。さらにすそを捲られて白いショーツ一枚を通して、尻の丸みを確かめるように撫で回され、柔らかい尻たぶをギュッと変形するまで摑まれた。肉質を吟味しているのか、力を入れて痛いくらい揉まれる。

山際は正面に立つと、ミニスカートのすそを両手の指でそっとつまんで、まだ捲らずに眼を合わせてくる。捲るよという合図だとわかる。しつこく触ってお尻のお肉を揉みつぶしたあとなのに、そうやってエッチな雰囲気をつくって面白がろうとする。そんな陰険なやり方をするところが山際らしい。

スカートをゆっくり捲られた。

「い、いやぁぁ……」

また穿いている白いショーツを露出させられた。ショーツを見る山際の眼が淫靡に光る。

ぶかぶかした女児ショーツではないので、見られても嫌ではなかった。おへそが隠れない程度のややコンパクトなタイプで、クロッチは二重の布になってはいるが、厚みはあまり感じさせず、大人のショーツに近い。デリケート部分にフィットしている。

「ふふふ、女の子はスカートを穿いている運命で、パンツは丸見えになるし、絶対盗み撮りされてるぞ」

　パンツが露出したことで妙なことを言われた。

「盗み撮りって、写真とか撮られてるのぉ？」

「撮られてるはずだ。動画とかもね」

「やーん、そんなことしたら、だめぇ！」

　山際に羞恥心を刺激することを言われた。そのやり方はもうわかっている。言葉で辱めて悩ませておき、さらにいやらしい恥ずかしい行為を期待させておいて、実行に移す。

（エッチなこと言って、恥ずかしい気持ちにさせておいて……わたし、そんなことで喜ぶ女の子だって思われてる。でも、もうそのとおりかもしれない……）

　友莉は内面を見抜くような眼差しを山際に感じた。少し頭を下げ、首をかしげるようにしてパンティを覗かれていたが、恐れていた前へのお触りはやられずに、山際の興味は再び上半身に移った。

乳房に手が伸びてきた。真正面からブラジャーを着けたばかりの膨らんだ乳房に手が伸びると、友莉は思わず身体をひねって逃れようとした。たが、二の腕を摑まれた。

「ここだよ、今の友莉ちゃんの一番エッチで魅力的な部分は」

友莉は身体を山際から遠ざけようとするが、しっかり摑まれた腕が痛くなる。ブラジャーとブラウスの上からだが、ドアチャイムでも押すようにほぼ正確に乳首を押された。

「はぁうっ！」

友莉は一瞬喘ぎ、瞳に切なげな色を映した。乳首はギューッと押して凹まされ、その状態でぐりぐり揉まれた。山際のいやらしい指でイタズラされて快感が萌えてくる。乳首は感じてブラジャーのカップの中で卑猥に突起してしまった。

上体を苦しげにくねらせて快感と痛みに耐える。乳房に興味を持たれて狙われていたから予想はしていたが、そのいじり方が遠慮なく揉み込んでくる感じなので、少し涙ぐんでしまう。

山際はブラジャーを触ることと乳房や乳首をいじることの両方を楽しもうとしているように友莉には思えた。

さらにエスカレートして、ブラウスの上から乳首をつままれた。友莉が「いやっ！」と叫んで身体をくねらせると、乳首は離されて、代わりに小ぶりの乳房を握られた。

「硬いかと思ったら柔らかいんだね。マシュマロみたいだよ」

「やぁン、そ、そんなふうに摑むのいやぁぁ！」

乳房を何度もやわやわと揉まれていく。ブラウスのボタンを外されてブラジャーを露出させられた。今度はブラの上からオッパイを摑まれた。

「あぁぁ、も、もう……」

やめてと言えずに揉まれつづけ、じわじわ感じさせられていく。友莉の乳房はまだ指二、三本でしっかり全体が摑めるサイズである。山際に指先で乳房の下のほうをつままれて、ギューッと先っぽへと絞るようにされてつぶされた。

「い、痛ぁい」

敏感な乳房も乳首もつままれると痛いのに、力を入れてつまんでくる。山際はそんなつもりはないのかもしれないが、力が強い。痛がると、少し力を弛めてくれたが、乳首をつまんだまま右に左にねじられた。

「あン！　そ、そんなふうにしちゃ、いやぁぁ」

刺激されてキュンと感じてしまい、身体をくねくね悶えさせた。

痛い。でも感じてしまう。友莉はニヤッと笑って見下ろしてくる山際の顔を見て、それがわかってやっていると思った。やがてブラウスも脱がされたが、まだ裸にはされていない。ブラジャーを取られたりしたら恥ずかしくて泣いてしまう。それだけは嫌だった。

やがて乳房いじめが終わると、山際はスマホで友莉の写真を撮った。友莉がブラジャーをした胸を手で隠すと「可愛い」と言って、またその恥じらいのポーズも撮った。

さらに何をする気なのか、ガタガタと机を縦に長くなるように二つ並べた。

「いやぁ、何をするのぉ？」

友莉はにわかに狼狽えるが、抵抗する間もなく机の上に寝かされた。パンツが見えている気がして、スカートのすそを摑んで下げて隠そうとした。山際はスカートのすそを撫でたりしたが、捲ったりはせずに、机の上で無造作に投げ出された友莉の脚を脛から上へと手で撫でていき、膝小僧を通って太腿に達した。

「あ、あぁあああ……」

太腿をやんわり摑まれて、敏感な白い内腿に指数本が軽くだが食い込んだ。

友莉は少女らしくないけだるい表情になっている。山際の視線からクロッチの下半分くらいは覗けているようだった。

　背中や腰が痛くて下りようとするが、山際に片手で脇を抱えられて押さえられ、両脚を摑まれて机の上に膝を曲げて立てさせられた。

「来年くらいには雰囲気がかなり違う少女になっているだろうね。まあ、来年は卒業だけど。今のうちにということでね……むふふ、クロッチ全体に割れ目の食い込みができてるじゃないか」

　山際の言葉でやっぱりずっと狙われていたのだと思った。でも山際を拒否する勇気はないし、股間をエッチな眼で見られているが、パンツを脱がされない限り少々のことは認める気になっていた。

「友莉ちゃんは裸にならなくても、完全に服着てても、パンツ見えてるだけでもすごく興奮できるんだよ。イタズラされる少女のエロがある。価値ある少女、本当のロリータなんだ」

「えっ、な、何を言ってるのぉ？」

　よくわからない言い方をされて、首をかしげたくなる。ロリータという言葉もピンと来ない。エッチなことを言っているのはわかるというくらいだ。

「顔にまったく嫌な感じがない。イタズラを嫌がっているときでも顔の表情がすごくいい。本当に可愛いし、表情に男を不快にさせる要素が何もない」

「あぅ、そ、そんなこと、男の人の都合で言ってるだけだわ」

「確かにそうだね。でも、ぐふふ、変態教師の餌食になーれ」

「うあぁ、自分でそんなこと言うなんてぇ。餌食なんて、いやぁぁ……」

少女を貪ろうとする大人の性欲が卑猥な言葉に表れていて、友莉はおぞましくなる。故意にいやらしくしようとする手管のようなものを感じた。

ショーツの上から指が縦に当てられた。

「あぅ」

顔を起こして下を見ると、人差し指一本ピンと伸ばして全体を当ててそのまま動かさないでいる。

「むふふ、こういうパンティもいいよ。でも、どちらかというと、もっと小さい、薄いツルツルしたのが……ぐふっ、セクシーなビキニとか透けたの買ってあげようか？」

言われて、無言でプルッと首を振った。自分でも白のコットンショーツはあまり好きではなかった。クラスの子もどんどん下着が派手なものになっていた。

「大人は友莉ちゃんみたいな少女を性的な興味で見てはいけないんだ。まして、パンティ丸見えにさせて、割れ目ちゃんに触って性的イタズラなんて絶対だめなんだよ」

「そ、それなら、見ないで。触らないでぇ」

言い方がさらに異常になってきて、手で耳を塞ぎたくなった。

「教師と生徒のタブーの感覚でじっくり見て触ると、お互いの間に異様な雰囲気がでてきて、ぐふふふ……」

山際は低く笑いながら、割れ目に当てた指で撫で下してくる。恥丘にできている割れ目からもっと危険な奥まっている割れ目へと指先がもぐっていって、ショーツの生地越しだが、かなり深く凹ませてきた。そこは友莉やクラスの女子が言う「生理の穴」つまり膣口だった。

「あぁーん、そ、そこ、だめぇーっ！」

友莉はたまらず腰をひねった。机の上から身体が落ちそうになって、山際に横を向いた身体を元に戻された。

「友莉ちゃんを見ていて、先生ゾクゾクッとして、悪気を起こしちゃった。少女といっても百五十センチ以上の骨格も発達した少女、ティーンじゃなくてロリータで……だいたい九歳から十二歳か十三歳までの子がロリータちゃんだ。ふふ、少女でも微妙な違いがあるんだ」

「あうあぁ、い、いやぁぁ……」

さっき聞かされたロリータという言葉をまた使われた。何やら不気味な少女についての考えを聞かされる。股間が開いた状態で、感じる恥ずかしいお股をいじられながらだから、ゾッとしてくる。

「一番下がベビー。少女の種類として、分類としてね。友莉ちゃんはね、幼女の身体と心の段階はとうに脱して成長している。ロリータの最後の年齢に差しかかってる」

「ロ、ロリータとか、変なこと言わないでぇ。先生なのにそんなこと言うのはだめぇ」

「友莉ちゃんは、三年くらい前からすでに男を興奮させるロリータの魅力があったはずだ」

「あひぃぃ」

割れ目下部のお尻の穴付近に、指先がグッとめり込んできた。

「少女をいかがわしい眼で見る歪《いびつ》な悦びを与えてくれるんだ」

「いやぁ、もう、いやらしい気持ちの悪いこと言わないでぇ！」

「この世の九十％の馬鹿と一％未満の正義の人にはわからない、どす黒い欲望を喚起してくれる」

「あぅぅ」

膣を指先がグイと凹ます。穴へはまだ入らない。ショーツを隔てていても、そうなったら激痛である。

「一割弱の感受性の豊かな人間だけに与えられた特権の趣味嗜好なんだ。性欲で悪気も起こせる真の意味で賢い人間ならわかることさ」

「はぁうっ……も、もう、そこぉ……いじるの、やぁーん！」

痛くはなかった。しかも快感があるのは確かで、その卑猥な気持ちにもさせる快感は、聞かされて虫唾が走る山際の異常な言葉のせいもあった。

「美人で、身長百四十センチ台の乳房が少し膨らんだくらいの、お尻の丸みがセクシーなロリータがまれに存在する。先生はいつもそういう少女を物色しているよ」

「やだぁぁ　ママに言う！」

おぞましいような言葉を聞かされて、友莉はつい口走っていた。でも、親に言うような勇気はなかった。それを見透かされているのか、山際は顔にニヤリと不敵な笑みを浮かべている。

後ろにボンと突き出す友莉の丸い尻は、少女好きの男が好む類《たぐい》まれなる美尻で、外人ロリータの尻よりもっと突き出し感が強かった。そして友莉は、今は可愛い少女なのだが、どちらかというと顔立ちが整った美人系にも見える。タレント性があるような偏った少女の雰囲気はなく、一般的に生々しく可愛い魅力に溢れていた。

「ブラジャーはいいけれど、ちょっと早かったんじゃない？」

「やぁン、ブラジャーのことなんて……」

ブラのことは言われたくなかった。自分でも着けていて少し違和感がある。ワイヤーはきつくないけれど、カップへの乳首の接触感が続いている。

「友莉ちゃんはぴょこんと飛び出した乳房がだんだん膨らんできてるけれど、まだブラジャーは必要なくて、形が出るのを隠すためだけのものみたいだね。でも、×年生で、むふふ、ブラジャーしてるのも見て触って、けっこう楽しめそうだよ」

またブラジャーのカップを指でなぞられた。表面の触り心地を楽しむように撫でてくる。そして、とうとうブラのカップに指をかけられた。

「えっ……」

ブラカップを指で捲られそうな気がした。乳房や乳首を見る気なんだ――と、発育途上で少女が特に羞恥する部分を狙われて狼狽える。

「友莉ちゃんの苺を見せて」

「えーっ」

乳房のことだとわかる。

「友莉ちゃんの蕾は可愛いだろうね」

蕾って乳首のことなのね。オッパイも先っぽも見せないわ。友莉は心では抗《あらが》っている。

山際は上から捲るようにカップを下げようとしたが、できないので逆に下のカップのすそをつまんで、上へしゃくって乳房をポロリと露出させた。

「だめぇーっ！」

友莉は両手でピンクの蕾を乗せた初々しい白い膨らみを隠した。

裸はまだ恥ずかしくて強い抵抗があった。だが、これまで頻繁に身体に触られてきて、悲しいかな触られることには徐々に馴らされてきている。裸もどうしたって、見せなきゃいけなくなってくる。結局認めてしまいそうな気がした。

「友莉ちゃんの美少女の顔と身体から出てくるオーラで、先生興奮しちゃうよ。ふふふ、触られてもいいっていう雰囲気だね。おチ×ポを立ててくれるエッチなムードたっぷりの魅力は誰もかなわない」

「裸はいやぁぁ……先生、ここまででやめてぇ。変な感じになるぅ」

「も、もう、ちょっと……もう、少しだけ……」

黒縁眼鏡のレンズの向こうで眼を細めて、妙な猫撫で声で囁かれた。それが気持ち悪い。

山際の手が下へ移動した。下半身はもっと危険な気がして狼狽える。

「あぅうっ」

柔らかくて敏感な内腿に、両手の親指をぐっと食い込まされた。そんなに強くはやられていないが、指先が性的な部分でもある内腿のつけ根近くに食い込んだため、友莉は刺激を受けて、それが快感につながっていきそうで恐かった。

「ほーら」

山際がまたにんまり笑う。何の意味がある「ほーら」だろう。感じただろという意味なのか。反発を感じるが、快感で下腹にピクンと痙攣を起こした。

変態的ないやらしい雰囲気をつくるために故意にそんな言い方をしていることはわかっている。友莉も感じてしまい、初潮後意識しはじめた膣をギュッと締めた。

「ぐふふ、見せてごらん」

「ああっ、だめぇぇ！」

ショーツの股ぐりを指で引っかけられて、横にずらされそうになった。友莉は慌てて身体を起こし、両手で股間を覆った。

「それは、いやぁぁ」

「わ、わかった。もうしない」

ほとんど涙声になりながら訴えると、山際も少し臆したような顔になって、手を引っ込めた。友莉の心の中では触られて、愛撫されて感じさせられるのはもう仕方がないこととして受け入れそうになっていたが、直接乳首や恥裂を見られる恥ずかしさは耐えられなかった。

「先生が生徒に絶対してはいけないことをする。だから興奮するんだ」

「そ、そんなこと言うのってぇ……」

卑猥であくどいことを囁かれて、心を乱されていく。再びショーツの上からだが、膣穴を指の腹で探り当てられ、穴表面をじっくり愛撫された。

「学校の中でするなんてぇ……先生ぇ、か、感じちゃうから、だめぇぇ……」

やっぱり学校だから興奮すると考えているのだろうか、つい感じると言ってしまってすぐ後悔した。でもこんな状況で女の子の最も恥ずかしくて敏感な部分をいじられて、赤面し狼狽えてしまった。

やがて、邪悪な手が友莉から離れた。

山際が机から離れると、友莉も机に手をついて身体を起こし、「あふぅ」と溜め息をついて床に下りた。

半袖ブラウスの前のボタンを一つひとつ掛けて、服の乱れを直した。

「そうだ、バックポーズをまだ見てなかったな」

そう言われて、友莉はすぐにはわからなかった。だが、まだ何か恥ずかしいことをされる。

バックって何？　後ろから見るの？

不安に感じていると、さあさあと言って机の上で四つん這いにさせられた。

「いやぁっ、見えちゃう」

背後から見下ろしてくる山際を振り返った。ミニスカートのごく短いすそはお尻を隠す役にはまったく立たず、下着が丸見えになっている。

「これ、セックスの体位。後ろからオマ×コにもお尻の穴にもズボズボ入っちゃう」

「だ、だめぇっ！」

羞恥のポーズで卑猥なことをあからさまに言われた。さらに、エッチな愛撫はもう終わったと思っていたが、また割れ目のちょうど中心に指をぐっと食い込まされた。パンツは穿いていても、卑猥な言葉と重なって膣穴に指先が命中しているので、にわかに犯される感覚にとらわれた。

「ここもだ！」

「あひぃ……」

指を突き立てられたのは、お尻の穴だった。そこにもおチ×ポが入るようなことを言われた。そんな恥ずかしいところにも男の人はアレを入れてくるのぉ？　そう訊きたいが、恥ずかしくて口にすることはできなかった。

お尻をぐるぐると両手で撫で回されて、柔らかい尻たぶを一回バシリと手で叩かれて、バックポーズを許された。

「先生、興奮したよ。友莉ちゃんだって、そうだろ？」

机から下ろされた友莉は無言で首を振った。さほど抵抗もせず身体の感じる部分をいじられっぱなしになって、快感で悩ましくなり、アソコから恥ずかしい粘液が溢れてきた。山際のしたことを友莉が認めているのは、もうはっきりと伝わっていた。

「ケータイの番号を教えて」

電話番号を訊かれた。学校では生徒と教師の間で携帯電話の番号を教えることは禁止されている。電話もメールも禁止のはず。でも、そんなことはこの際関係ない。

友莉は素直に頷いて、自分の携帯から山際の携帯に電話をかけて番号を教えた。

友莉は帰宅すると、二階の子供部屋まで階段を駆け上がった。

ランドセルに入れていたものをすべて出して、スチールの本棚の側面に貼ってある大きなフックに空のランドセルをかけた。

教科書などを机に入れっぱなしで帰る子が多かったが、参観日に山際がそれを認めないと言ったので、友莉は親にそのことをやかましく言われている。友莉は今日、教室で山際にじっくり愛撫玩弄されたあと、いつものように教科書もノートもすべてランドセルに入れて帰ってきた。

以前はランドセルやショルダーバッグなどは友莉の背よりやや低いくらいのハンガーポールにかけていたが、座りが悪くて大きいものをかけるとちょっとしたことで倒れることがあった。インテリアとしてはよかったが、今は親が使っている。その木製のポールにアニメキャラのシールをベタベタと貼っていたので、親に言われて一枚一枚しんどい思いをしながら剝がしていったことを覚えている。

いつものことだが、洋服ダンスのハンガーに着ていた服をかけて入れるのがまた一苦労だった。ブラウスをハンガーに通して、それをいっぱいに詰まった服の間に割り込ませて上のポールにかけるのが難儀だった。親には服は壁にかけないように言われている。ランドセルをスチールラックに貼ったフックにかけるのにも反対されていた。

ほかの場所がないからと言って認めてもらったが、何かと指図されてストレスになっている。

友莉は洋服ダンスから部屋着を出して、かなり前に買ってもらった子供用のドレッサーの前で着替えた。

鏡に映るブラジャーの姿にはまだ慣れていない。恥ずかしさを感じるが、今日山際からやられた乳房への卑猥な行為を思えば、それはなおさらだった。

夕方になると気温が下がるので、友莉は長袖の部屋着を着た。ショーツを脱いでバスケットに投げ込み、新しいショーツをタンスから出して穿いた。水色のサニタリーショーツだった。予定日ではなかったからジュニアナプキンはつけていない。だが、友莉は始まりそうな予感があった。きっと山際の性的なイタズラのせいだと思った。

子供用の小さなベッドにちょっと寝ころがった。数年前まで枕元に置いて寝ていたぬいぐるみは今、洋服ダンスの上にある。

先生に身体の感じる部分を触らせる。そんなことで興奮してるわたし……。

恥ずかしい秘密ができてしまった。毎日学校に行くことが恐くもあり嬉しくもある。異常で胸騒ぎがして幸せ感のある不思議な感覚を味わっている。

先生にあんなふうにされたら感じてしまう。

恥ずかしいのに無理やりイタズラされて、あ、あの液が出ちゃった。だめぇ、大人の男の人が、しかも学校の先生がエッチなことするなんて！

友莉は今日起こった教室での恥ずかしいエロな行為を心の中で反芻した。

友莉は勉強はできるほうで、帰宅するとすぐ宿題をやったりする。今日もいつものように夕飯の前に宿題をさっさと終わらせた。忘れ物防止のためノートには国語、算数など教科別に印となるシールを貼っている。書類入れに採点済みのテストの用紙を入れた。収納したテストを親が確かめに来ることがあるので、それがまたストレスになっている。

夕食を終え、自分の部屋でまたベッドに寝ころんでいた。

親に異変を悟られやしないかと不安になるが、親の前ではかえって平気な顔をしていた。

しばらくして、携帯に電話がかかってきた。相手は山際だった。

「せ、先生ぇ……何？」

「ふふふ、今どうしてる？　今日はどうだったかな？」

「えっ、何がですか？」

何を訊かれているかくらいわかる。電話の声は耳にダイレクトに入ってくるから、よけい心の中に刺激として響くような気持ちになる。

「むふふ、ヌルヌルになっちゃったね？　お風呂に入って洗ったかな？」

「あぁ……ちょっと待って。窓、閉めるから」

窓から風が入ってきて涼しいが、話していると隣家の二階から聞かれるかもしれない。少し年上の男の子がいる部屋で、前に一度耳をこっちに向けて聞いていたような気がした。何か小石のようなものが飛んできて窓に当たったこともあった。ムスッとしていて絶対話したくない相手だった。それにプライバシーに関しては親は常に手ごわい敵だった。二階に上がってくる足音が外の音に紛れて聞こえにくくなることもあって、窓を閉めておく必要があった。

窓を閉めて白いレースのカーテンも引き、椅子に座って机のノートパソコンを横にのけた。

「先生ぇ、エッチなこと言うために電話かけてきたのね」

電話番号を教えたときから予想はしていたので、訊いてみた。

「ふふふ、それは友莉ちゃんの受け止め方次第さ。今日はやりすぎちゃったかもしれないね。でも、まんざらでもなかっただろう？」

「まんざらでもって……ち、違うわ」

教室でのことを思い出してみると、あんな従順に触られるままになっていたら、そう言われるのも仕方がないことはわかる。改めてそれを確認されたら、電話であっても赤面してしまう。

「教室で、いやらしいエッチないじめの気分が盛り上がっちゃったね」

「い、いやっ、そんなエッチないじめとか言われたくない」

「言われたいんじゃない？　うじうじ触られて感じちゃったじゃない」

「あぁ……」

決めつけて言われると、そうかもしれないとくじけて認めてしまいそうになる。山際が言ってることはそれほど外れてはいなかった。

「わざと辱める感じでやると、けっこう気分出してきて……ぐふふ……乳房もお股のところもいじられて、喘ぎ声をあげたじゃないか」

「いやぁ！」

受け止め方次第なんて言うが、すごくいやらしい話を聞かされている。変態の言葉が心に刺さってくる。恥ずかしくさせて楽しんでいることが如実に伝わってくる。にもかかわらず、友莉は電話を切ることができなかった。友莉自身も耳からの刺激に翻弄されていた。言われたいという言葉に少女でも羞恥と屈辱を感じるが、イケナイ妄想を抱いてしまう。

学校では絶対してはいけないことをするから興奮する。山際はそう言ってのけた。正直に、いや、野放図に卑猥なことを言ってくる。

(そんなふうに言われたら、わたし……)

意味はわかるけれど、言葉の表現が本当にいやらしくて、心の底へジーンと痺れるように浸透してくる。その異常な黒い性欲を受け入れてしまう。

でも、恐い……。ばれたらどうしよう。恥ずかしくて学校になんていけなくなる。

友莉は下半身がムズムズしてきた。熱くなってきた恥裂をサニタリーショーツの上から指で触ると、厚みのある生地でも濡れているのがわかった。

友莉は山際に卑猥な話を聞かされながら、今度は自分の乳房を触った。

「今、オッパイとかアソコとか、手で触ってるだろ?」

「あ、あぅ……」

山際に見抜かれて、友莉は否定する言葉が口から出なかった。

「パンツを脱ぐんだ。オマ×コを指で擦《こす》って感じさせてごらん」

「ええっ」

猥褻な言葉であけすけにオナニーを求められた。椅子の背もたれのほうに思わず身体を反らせ、耳につけていたスマホを離した。

友莉は山際にショーツを下ろすと言おうと思ったが、恥ずかしさから言えずに、スマホを机に置いて椅子から立ち上がった。

見られているわけではないのに顔を赤らめている。自虐的になって恥辱を感じながら、スカートの中に手を入れた。穿いているショーツを膝まで下ろした。

そこまでやったが、友莉はまだ気持ちの中でショーツを脚から抜いてしまうのが躊躇《ため》われた。ショーツが左右の脚の間でピンと張った状態で椅子に座ったのだ。

サニタリーでもサイドがやや細いセミビキニだった。その下着は友莉の性意識が少し大人になってきたことを表していた。

「パンツ、下ろしたんだね？」

「は、はい……」

友莉は正直に言った。もう隠す気はなかった。通話しながらオナニーするなんて恥ずかしい。でも興奮してしまう。

「やってみようか……むふふ、オマ×コを指で擦るんだ」

山際の要求に悩ましくなる友莉は、人差し指と中指と薬指三本伸ばして恥裂に当てた。ドキドキしてしまう。鼓動が高鳴ってくる。

指をゆっくり上下動させた。

肉芽に指先が当たっている。クリトリスから膣口まで大きく上下に繰り返し摩擦していく。

「あっ、ああっ……」

声が漏れて、山際に聞かれてしまった。

「やってるね。ふふふ」

言われてちょっと指の動きが止まったが、またすぐに敏感な肉の突起を愛撫した。

「クク ゥ……」

キュンと感じて声を我慢するが、それがかえって快感につながった。

興奮してきた友莉はショーツを完全に脱いでしまおうと思った。まだスマホを耳に当てているので片手でやりにくいが、左足を上げてからショーツを抜くと、パンティはすとんと落ちて右の足首で止まった。

その状態で脚は自由に開いたり伸ばしたりできるので、友莉はパンティが引っかかった右足を椅子の座面に上げて、左足はできるだけ横に開いてみた。そうすることでよけい快感が増すような気がしたのだ。

快感はそれほど変わらなかったが、気持ち的に興奮してくる。友莉は快感を強くするため、特に肉芽を指先で細かくすばやく擦っていく。興奮のあまりイクまで続けようとした。そうなると、もう声を我慢することはできなかった。窓を閉めておいてよかったと思った。

ジュッとまた愛液が出るのがわかって、指を曲げて膣口のあたりでぐるぐる円を描いて愛撫した。膣とクリトリスの二カ所を交互に擦って刺激する。

「あン、はうっ……あぁあああーうっ！」

指の腹でこねこねとピンクの肉突起を揉みつづけるうち、ジンと痺れる快感が急激に昂《たかぶ》った。

「ほら、感じてきた。どんどんやれ。イクんだ」

「ああっ、せ、先生ぇ！」

閉じかけていた脚を大きく開いた。割れ目も開いて、剝き出しのピンクの粘膜を愛撫する。指が愛液でヌルヌルしてきた。

華奢な身体がピクピク痙攣している。のけ反って背中を背もたれにぐっと強く押しつけた。

（あぁ、先生の言いなりに、望むとおりになっていくぅ……でも、それで、わたし感じてしまってるっ。こんな恥ずかしい女の子、学校でわたしだけ！）

中指一本で、ピンクの肉真珠をせわしなくすばやく摩擦しつづける。もうイク気持ちになって、昂るまま身を任せた。足の指で椅子の座面をぐっと摑む。

「くうっ……あはぁっ……あうぅぅぅーん！」

先生が聞いてるっ……。

途切れとぎれに詰まりながら出る喘ぎ声を今、担任教師に聞かれていると思うと、よけい快感が高まってくる。

ビクン、ビクンと、小さな身体が二回強く痙攣した。

翌日になると、友莉はふと我に返って、これまで経験したことの恥ずかしさが心の底からこみ上げてきた。

（先生、ブラジャーをしたわたしを見て、こ、興奮して、あんなことを――）

山際はブラジャーに異常なほど執着したように見えた。山際に猥褻なイタズラをされたうえに、電話で恥ずかしいオナニーをさせられた友莉は、今さらだが羞恥と屈辱で涙が出てきそうになる。確かに大人のどす黒いような欲望がわかっていながら、その性の興奮に負けてしまった。そんな自分も悪いのだが、何せ教師と生徒、大人と子供の関係である。被害者意識がないとは言えなかった。

先生は急にエスカレートしていった……。やっぱり、ブラジャーが透けて見える姿に興奮したせいなんだ。

そう思った友莉は、翌日からしばらく学校にブラジャーはしていかなかった。代わりにバストのカップつきキャミソールを着ていた。友莉の気持ちは揺れ動いている。

山際は表面上は真面目で厳しい教師である。そしてオタクではなくて内面に知性と大胆な行動に出る野性を秘めている。

スケベだけど、悪さをする男子や嫌みな女子にちゃんとしてくれるから嫌いじゃない……。

友莉はこれまでの山際の教師としてのある種頼りがいのある部分も見ていた。ばれないように巧妙に触るのが先生にとって興奮するのだろう。友莉も学校で周囲に悟られないよう山際をじっと見たりしないようにした。

その後も、ときどき電話がかかってきた。そして、そのたびごとにテレホンエッチに持っていかれた。

(あう、もうさせないと決めたのに、またやられるようになっちゃった。わたし、だめぇぇ……)

テレホンエッチはすごくいやらしくて、特に自分から進んで恥ずかしいオナニーをやってしまうことだから、罪悪感と屈辱感を免《まぬか》れなかった。だから一度は拒否しようと決めていたことだった。それなのに、結局山際の求めに応じてしまった。

山際からはメールも頻繁に届くようになった。添付ファイルを開くと、教室で撮られたブラジャーをした友莉の画像だった。

「この乳房、誰のもの？　友莉ちゃんのものだけど、先生のものでもあるよね」

そんなメッセージが入っていた。

(先生とあの痴漢は同じなの？　やっていること、変態の部分は同じはずだわ)

友莉は大型スーパーで遭遇した痴漢と山際を比べて自問した。痴漢だけではなくて、道でミニスカートの姿をじっと見てくる人もいて、男はみんな同じような気がしていた。

だが、山際はただの痴漢とは違うような気もしている。教師歴何十年の人と単なる学生みたいな若い男との違いもあるけれど、そういう年齢や立場の差ではなくて、女の子との関係でもっと深い、恥ずかしくて恐くて興奮する得体の知れない、心の中にじわじわ入ってくる何かが山際にはあると思った。

第三章　禁断の女子更衣室

「身体を後ろへ傾けて、後ろ手をついてグッとのけ反る――」

ジャージ姿の山際が声をあげた。

友莉は体育座りから、開脚して後ろ手をついて腰を上げさせられ、背をのけ反るようにさせられた。

暑い夏の季節になって、体育の水泳の授業が行われている。プールサイドの生徒たちは取らされた体勢がきついので、ギャーというような奇声をあげている。水泳の準備体操にしては妙なもので、きついというより女子にさせる格好が怪しかった。腰を上げて山際のいるほうへ股間が開いていた。

第二次性徴期にある友莉の身体に、明るいブルーのスクール水着がピタリと張りついている。旧型スクール水着のように水抜きはない。コットンではなく、競泳水着によくあるスパンデックスの薄くて強い生地で、友莉の発育盛りの身体にピチッと張りついて、そのボディラインをあますところなく露呈させていた。

左右の尻たぶを斜めに切るスク水のすそラインは、どんな角度から見ても丸みを帯びた尻肉の女らしさを表現している。それは旧型のスクール水着よりも優れた描写力に見える。特に少女の前の部分、クロッチを含む股間部へピッタリフィットしているこの水着は、かつてのコットン地の水着にはなかったエロスを魅せてくれている。

友莉はスイミングキャップをかぶった顔がどんなふうに見えているのか少し気になっていた。もちろん今それよりも気になっているのは、股を開いてのけ反ることで、山際から股間が丸見えになっている。みんな上を向く格好でのけ反るので、山際のほうは見えない。悟られずに女子生徒の股間を見て楽しむことができる状態だった。

女子生徒たちのスク水がピチピチに張りついた姿は今、大人では山際しか見ることはできない。プールの外周は外から覗かれないように高い壁になっている。

（外からの目隠しになって、不審者から見られないって言うけど、先生の眼から逃れることはできないわ……）

自分も含めて、スク水の化繊の生地が張りついた女子の股ぐらが合法的に教師の眼に晒されている。たくさんの女子が先生の思いのまま餌食になっていることを思うと、いっしょにお股を見てもらって何やらM的な興奮を感じた。

準備運動は次に屈伸が行われた。膝に手を置いてギュッ、ギュッと二回深く前屈みになる。そのときお尻が後ろへ突き出す格好になった。

山際が生徒の間を回りながら見ていく。

「はい、脚を大きく開いて、前屈みぃ」

開脚して上半身を前へ倒す屈伸運動である。突き出したお尻と開いた股間に、山際の視線を感じた。開いた脚の間から背後を見ると、視線を向ける山際と眼が合った。

(きっとお尻を触られる。いや、もっといやらしいこともされちゃうわ)

ブルーのスクール水着が密着した、丸々としている少女尻を見られた。お尻だけでなく、後ろからお股のところの女の子の膨らみもじっくりと……。友莉はこの水泳の授業中に身体に触られることを恐れていた。ほかの生徒にわからないようにやられてしまう。先生はそういうきわどいことをするのが好きだから。

水着の下の「裸の少女」が生々しくスパンデックスの生地に現れてくる。

友莉は大人の水着は身体の恥ずかしい部分を隠す配慮があるのに、少女の場合はそれがあまりない気がした。

「仰向けに寝て、脚開くぅ」

山際の号令で、友莉はプールサイドのコンクリートの上に寝て脚を開いていく。前からほぼ股間が覗けてしまった。

完全に背中を床につけて寝てしまうと、もう山際の視線がどこに向いているかわからなくなった。

想像の中ではあのモッコリ盛り上がった女の子の丘を見られているはずだと思った。友莉は家でスク水を着て鏡に映して見たことがある。手鏡でいろんな角度から見てみると、恥丘という言葉は知らなかったが、その丘が意外に目立つことがわかった。そしてそのさらに下に魅惑のスジができていることも。

「脚を閉じて、ぐーっと上げるぅ」

両脚をピタリと閉じて垂直に上げると、お尻よりもやはり股のところが気になってしまう。内腿でギュッと押された女の子の部分が、細長い楕円の膨らみになって、山際の視線の餌食になった。

「脚を開いてぇ……」

両脚を高く上げて開脚させられ、白い内腿とお尻の底の部分、割れ目、感じる小さな突起、隆起している恥丘など、羞恥の場所すべてが山際の眼に晒されている。

「閉じてぇ……開いてぇ……また閉じてぇ……」

股間を全開させてまた閉じる。それを繰り返す。もはや準備体操とは思えない羞恥ポーズの繰り返しだった。

（やぁン、アソコに……は、挟まってくるわ！）

脚を開いて閉じると、極薄の生地が見事に割れ目に食い込んだ。おそらく山際の望みどおりだろう。少女のスジがくっきりはっきりの状態になっていく。

「全員プールに入れ。まず平泳ぎをやってみろ」

準備体操を終えると、山際が命じた。生徒たちは恐るおそる水に浸かると、真夏でもさすがに水の冷たさにキャー、キャーと奇声を発して騒いだ。しばらく泳いで、山際の「上がれ」の号令で水から上がった。

友莉の股間から、真下に放尿するように水が滴り落ちている。プールから上がっても、風はほとんど吹いていなかったので、友莉はそれほど寒さを感じなかった。泳ぎは得意なほうで、すでに休日に市民プールで泳いでいて馴れもあった。

つい最近、ひらひらしたスカートつきのビキニ水着を着て市民プールで泳いだが、高校生くらいの男二人に後ろから「おおー」と感動するような声をあげられた。スカートのひらひらの下に見える丸いお尻のラインがセクシーだったようだ。

みんな水から上がると、しっかりかぶっていなかった子のスイムキャップが脱げて水に浮かんでいるのがわかって、その子は山際に叱られていた。女子が水着を指で直す姿があちこちで見られた。友莉もだが、水着のすそが食い込んで尻たぶがはみ出していたので、ほかの子と同じように指でつまんで直した。

スクール水着は水を吸い込むと、想像以上に身体に張りついて、少女の身体の肉感を浮き立たせた。友莉も乳首が乳輪の厚みまでわかるほどになった。

(あぁ、やっぱり水を吸ってお尻の割れ目に張りついちゃってる)

スクール水着がお尻にピッチリ密着して食い込んでいる。その恥ずかしさを、自分から見えなくてもその感触で、友莉は如実に実感した。前を向いていようと、後ろを向いていようと、女らしい部分を見られてしまう。お尻も前の恥丘や割れ目も、そしてツンと尖った乳首も山際の視線から逃れることはできない。

スクール水着はコットンならかなり水を吸ってずぶ濡れ感が強いが、スパンデックスは水を弾く。それでもある程度は水を吸うから、少女の全身にピタッと張りついて、膨らんできた乳房の形状を露にさせてしまった。

(あぅ、わたしのポコッと前へ飛び出すオッパイ、形が出てる。ち、乳首だってぇ……)

友莉の丸い乳房の形はスク水の表面に手に取るように表れていた。乳首は乳輪からどこか痛そうに突出して、そのさらに先端の乳頭も小さく突起している。

水から上がると恥ずかしい。以前はそんな気持ちにはならなかった。去年まで水に濡れて浮く身体の起伏のことなんて考えたこともなかった。

友莉は山際の視線を浴びて、思わず伏し目がちになった。

山際が友莉に近づいてきた。

（えっ、何っ……）

と、上目で山際を見て狼狽える。

「手塚、君は平泳ぎが得意なようだ。ちょっとここでカエル脚をやってみてくれ」

急に手本にするようなことを求められて、友莉は眼を白黒させた。

せいぜい二十五メートルくらいしか泳げない。確かに綺麗な泳ぎ方ができるとは思っているが、山際のことだから何かエッチな企《たくら》みがあるのだろう。

友莉は不安な気持ちでプールサイドのコンクリートの上に腹這いになった。

お尻や脚、股間が同級生の前で晒されている。丸い少女尻が生々しくその球体を披露して自己主張している。水着が食い込んで恥裂から尻溝まで割れ目がつながっていた。

「カエル脚はこんなふうに両脚を上げて、円を描いて蹴るんだ」

脚を開いたり閉じたりして大きな運動を繰り返すうち、スク水の前は割れ目に厳しく食い込み、後ろも尻溝に深く挟まった。

感触からお尻の穴と割れ目の両方をどうしても意識してしまう。いや感触そのものは去年だってもっと前だって同じようものだった。でも担任の山際の視線に嬲《なぶ》られている状況でその生地が食い込む感触に別の感情が付加された。女の性の部分への刺激を視線を気にしながら羞恥の中で味わってしまう。

もう水着がお尻の穴にまで挟まってくる。友莉はみんなが見ているのに、気になって挟まった生地を指でつまんで引っ張り出した。

そうするうち友莉は異常なことに気づいた。山際のジャージの前がモッコリと膨らんでいたのだ。ズボンの中にあるものが大きく硬くなっている。

(それ勃起というの、わたし知ってる！)

勃起が何を意味するかもちろんわかっている。

(先生、おチ×ポが立っちゃってる。わたしのお尻や前の食い込み、女の子の身体の性の部分を見て興奮したからなのね)

スクール水着は少女のエロスを露呈させる。可愛い女児のビキニとかよりも身体をしっかり覆う面積の大きいスクール水着のほうが、大人の男は見て興奮するのだろう。

友莉はスク水というものの卑猥さを感じ取っていた。

（あぅ、せ、先生ぇ……）

ほかの生徒に気づかれるといけないので、一瞬見ただけで眼をそらし、二度と山際のそこを見なかった。でもその残像が眼に浮かんでなかなか消えてくれない。おチ×ポの形が出ているわけではないが、ズボンの中心からちょっと横のほうに何か丸い出っ張った妙な形のものが確かに存在していた。

カエル脚の見本が終わると、狼狽えぎみに立ち上がった。羞恥がこみ上げてきて赤面し、前の食い込みを手で隠す仕草を取ってしまった。

さらに今、友莉の少女の部分に異変が起こっていた。明らかに食い込んでいた部分のさらに奥のほうで、女の子の柔らかくて熱い部分が口を開けたのだ。そこに異変があった。

スーパーの書店で痴漢されたときと同じことが、今また自分の身に起ころうとしている。

（人に気づかれちゃう！）

焦るが、今まで味わったことのない快感と羞恥がない交ぜになった危うい感情に巻き込まれていた。誰も見ていないなら、すぐにでもオナニーしてしまいそうな、やましいような気持ちになっていた。いや、それより先生に触ってほしかった。裸は嫌だけど、直接は恐いけれど、水着の上から指でスリスリと割れ目を擦られるくらいなら構わない。あ、穴に……指さえ入れられなければいい！

かなり感じてオナニーのときにあげた恥ずかしい声を聞かれても仕方がない。そんな妄想の中に入ってしまいそうになっている。友莉は水着姿で恥裂のスジを見られつづけ、その羞恥によってかえって発情してしまった。

みんなプールに入って平泳ぎの練習をし、そのあとクロールをさせられた。友莉はまた見本をやらされるのではないかと不安だったが、それはなかった。山際に言われてほかの生徒と同じようにプールの側面に摑まってクロールのバタ足をやった。

「膝を曲げずに、しっかり伸ばしてやれ。ほら、水しぶき上がってる。まっすぐ脚を伸ばして、もっと細かく」

山際もジャージを脱いで水着になり、プールに入って友莉から二人隔てて向こうにいた女子生徒の脚を摑んだ。

「あぁン」

と、少女の声が聞こえてきた。その子もクラスの女子の中では可愛いほうだった。

やがて、山際は友莉のそばに来た。

友莉は太腿のほとんどつけ根あたりを水中で摑まれた。そんなところを摑む必要はないはずだが、敏感なところに指を食い込まされた。少しずれるだけで恥裂に指が触れてしまう。

顔を水につけた状態でバタ足をやらされた。身体を下から山際の手が支えてきて、乳房にまともに手が触れた。

（やぁン、胸に触られたぁ）

水中で見えないのをいいことに、ベタッと乳房に手のひらを当てられていた。さらに乳首まで指でつままれてしまう。水の冷たさで尖っていた乳首はキュンと感じて、硬く突起してくる。もう水泳の練習とは無関係な行為だった。

太腿のつけ根近くに宛がわれていた手がズルッと股間の方へずれてきて、友莉はにわかに狼狽えた。女の子の最も敏感な部分に指先が着地して、思わず水を飲みそうになった。

（だめぇぇ……）

顔を水につけているため、声は出せない。

割れ目にしっかり指先が二本食い込まされた。

（指が入ってくるぅ！）

中指と人差し指の先が恥裂内部にスクール水着の上からだが、確実に食い込んできた。水着の生地一枚隔てて、少女の隠れた性器へ指がいやらしく侵入してきた。

だが、強引な指の侵入は一瞬のことだった。顔をつけてのバタ足練習はそんなに長く続けられない。水面から顔を上げて、プールの底に足をつけて立とうとした。

水面近くにあったお尻が沈んでいくと、山際の手が追いかけてきて、今度はギュッ、ギュッと尻たぶを揉まれた。

何本もの指先が尻溝に上手く当てられて揉むものだから、お尻の穴を少し開く感じで尻たぶが摑まれて、思わず「ひっ」と声が出た。しかも感じてしまった。友莉は羞恥と快感で顔が紅潮してしまう。

山際は授業の最後の五分間は生徒に自由に泳がせた。基本的に男子と女子は分かれて泳いでいるので、身体が接触したりすることはなかった。男子が飛び込んで、バシャッと大きな音を立てて水面で腹を打ち、顔をしかめて痛がっていた。それをさっきまでイタズラや痴漢行為をやっていた山際が、まるで何もなかったかのような顔をして笑って見ていた。女子のキャハハというかん高い笑い声も聞こえてきた。

友莉は今、そんな同級生の子たちとはまったく異なる心の状態にあった。

一学期もそろそろ終わろうとしていた。プールのイタズラ行為からかなり日が経っている。

今日は木曜日だが、四時限目で授業がすべて終わると、短縮授業で浮立った生徒たちが騒がしくなった。

「五時限目は大掃除だ。みんな与えられた掃除の場所を責任もってやるように。サボったりしたら承知しないぞ」

山際が大きな声をあげた。

「このクラスにプールの更衣室の掃除が割り当てられてる。更衣室は先生が管理してるから、今日は先生も掃除をする。誰か一人手伝いに来なさい。来る人いるか？」

教室の生徒の顔をぐるりと見渡した。誰も手を挙げる者はいなかった。

「手塚、確かロッカーの扉をちょっと壊したことがあるって言ってたね。どこ壊したんだ？」

友莉は一瞬山際が何を言っているのかわからなかった。

「大掃除は更衣室に来なさい」

言われて友莉は「はい」と無表情で応えた。ただ、ロッカーの扉を壊したことなどなかった。山際にそんなことは言っていない。だが、山際が何を考えているのかすぐにピンと来た。

(先生は更衣室でエッチなことする気だ。そして、わたしがそこに行ってもおかしく思われないように、みんなの前で作り話をして更衣室に来させようとしたんだ)

更衣室に行けば中に入れられて、身体にイタズラをされてしまう。密室だから誰にも知られずに恥ずかしいことができる。

もしかしたら、恐いことされちゃう……女の子のアソコの……あ、穴に、入れられちゃう！

友莉はそれだけは嫌だと顔をしかめ、少し身震いした。

山際は連絡を終えると、教室の外へ出た。生徒はトイレに行ったり、給食の準備に取りかかったりしていた。

友莉もトイレに行こうとして廊下に出た。

「手塚っ」

後ろから名前を苗字で呼ばれた。教室で呼ばれたときと同じだ。廊下ではまだほかの子の姿がある。

振り返ると、手招きして階段のほうへ行く山際の姿が眼に入った。

姿が見えなくなった山際を追っていくと、階下へ下りていく途中の踊り場で彼が待っていた。

「今日、先生は更衣室の管理を任されてるから誰も来ないよ。友莉ちゃんと二人きりになれる」

「えっ？」

「ふふふ……たっぷりできるんだ」

ひそひそと囁きかけてくる。何ができるというのだろう。いつもと違う口調で、少し気持ちが悪かった。

「あぁ、更衣室でなんて恐いわ」

水泳の授業でイタズラされたその続きをやろうという魂胆なのか。山際はいきいきした眼をしてこっちを見てくる。

「わかってるだろ、友莉ちゃん……」

「あぁう」

「もう、先生は何も誤魔化さないよ。口実もなし、言い訳もしない」

友莉は黙って頷いた。何を言いたいか、もうわかるような気がする。

いつかセックスさせられる。そんな想像をしてしまう。すごく痛いことされて犯される。そのときどうすればいいか、今はわからない。

大声あげてやめてもらうか、でもそれはできそうにない。抵抗したら叩かれる？先生はそんなことしないだろう。これまで一度も乱暴なことはされたことがない。教室に残されてイタズラされたとき、裸を拒んだら無理やりやられることはなかった。ある意味、山際は信用できる大人だった。友莉は誰か聞いていないか、キョロキョロした。山際はちょっと笑って、

「給食が終わったら、すぐ更衣室に来るんだ」

山際はそう言うと、職員室へ戻っていった。山際の後ろ姿を見ていると、これからどうなるのだろうと、不安と期待する気持ちが歪に混ざり合ってそわそわしてくる。

友莉は給食が終わって五時限目の大掃除の時間になると、そぞろな気持ちになって更衣室に足を向けた。

更衣室に入ると、すでに山際が中で待っていた。

「せ、先生ぇ……」

上目遣いに見る山際の顔は、点滅する蛍光灯で薄暗くなる瞬間があって、ちょっと恐く見えたりもする。

ロッカーのことを言われたが、そのロッカーはズラリと並んでいて、みんなで使うので市民プールとなどと違って鍵はない。

置き忘れか捨ててあるのか、床にスイムキャップが落ちていた。ちぎれた部分があるので捨てたのだろう。

「ちっ、誰のだ？」

山際が更衣室のドアに内側からガチャッと音を立てて鍵をかけた。友莉は監禁されたような、もう逃げられないような思いになってドキリとした。

更衣室の中は独特の臭いがする。それほど嫌な臭いではないが、プールの塩素臭とは別の、汗などの人間から出る饐えた臭いがただよっている。

「これを着て」

山際に紙の包みを渡された。

開けてみると、シースルーの競泳水着だった。濃紺だが、生地の下の自分の指が透けて見えている。

「こ、こんなの恥ずかしいっ」

白い縁がついたシースルーのアダルト水着は、学校で使うスクール水着とは大違い。そんなものを着たら身体が裸同然に透けてしまう。

「友莉ちゃんの身体にピッチリ張りつくよ。シースルー競泳水着にオッパイと前の割れ目が透けて見えるはずだ」

「うあぁ」

恥ずかしいことを要求された。こんな密室の更衣室でその過激な水着を着たら、先生は男の人だからどうなるのか考えると恐くなる。だが、友莉は得体の知れない興奮も感じていた。

「そっちのカーテンの奥で着替えて」

更衣室の端にはビニールカーテンで仕切るシャワー室があった。言われるまま、カーテンで仕切られたそのシャワー室に入った。友莉はドキドキしながらシースルーの水着に着替えた。

いざアダルト水着を身につけてみると、シースルーということのほかにも気になることがあった。前が切れ込んで鼠径部《そけいぶ》に心地よい圧迫感がかかり、女の子の前の膨らみの部分がくっきり浮いていることがわかった。

カーテンを恐るおそる開けて、待っていた山際の前に立った。羞恥心で身体が萎縮してしまう。

山際に間近から裸同然の幼い身体を凝視するように見られ、思わず上も下も手で隠した。

「手をゆっくりのけてごらん……」

穏やかな調子で求められて、友莉は拒む気持ちになれず、言われるまま身体の上下を隠していた手を下ろした。

性的に萌えはじめている少女の身体に、シースルーの水着がピッタリと張りついている。突き出すかたちの幼乳とポコッと隆起した恥丘、魅惑の割れ目が透けて露になっていた。

「おお……」

山際の口から溜め息が漏れた。無言でじっと見下ろしてくる。友莉は全裸とは異なる独特の羞恥を感じた。

「くるっと回って」

お尻を見ようというのだろう。わかっているが、山際に背中を向けた。

「お尻の割れ目がはっきり見えてるよ。股間へ奥まっていくところが少し影になって、色が濃いからシースルーでもちょっと見えづらいけど……ぐふふ、大陰唇の膨らみがちょっとだけ見えてる」

思ったとおり辱めるようなことを言われて、思わず後ろを振り返った。山際はしゃがんでお尻の下あたりを執拗に見ようとしていた。

「い、いやぁぁ」

友莉はさすがに恥ずかしくて横を向いてしまった。大陰唇という名称は知ってはいたが、女子の間の猥談でもあまり聞かない言葉で、透けすけ水着で恥裂まで見られて言われると、羞恥して赤面させられた。

「友莉ちゃんの身体が自然に誘惑してくるよ」

誘惑してるなんて言われても、友莉は首をひねるだけで応えようがなかった。

「この身体つき……ほーら、こういう線が……」

腰から下、お尻へとすーっと撫で下ろされた。

「あっ、やだぁ、いやぁっ」

腰骨からお尻への自分でも意識している曲線を撫でられ、ゾクゾクッと感じさせられていく。

両手で左右の乳房をいじられはじめた。もう手で隠したり拒んだりすることもできないでいる。

「むふふ、スク水じゃなくても、オーケーだよ。ビキニもね。女の子のブラジャーと下のパンツに分かれた水着もいいねえ。下着とどこが違うのかねえ。みんなに見られて、快感なんだ。極小ビキニ、紐ビキニで……そういうのって、女の子に露出の快感を経験させて洗脳するアイテムだね」

山際が言うことは大げさな気もするが、女の子ってひょっとするとそうかもしれないと、友莉はそれこそ山際に洗脳されるような気もしながら受け止めてしまう。

「日焼けしている部分と白いところの差がはっきりしていて、色白の肌が輝いて見えるね。色白だけど弱々しい感じはないね……いいよ、美少女で色気がある」

友莉は色気ということがまだよくわからなかった。可愛いという言葉はよく聞かされてきたが、それとは根本的に異なるもっと女として大人っぽいような意味だと思った。

（男の人がいやらしい気持ちになる魅力のことぉ？）

色気について訊きたいが、恥ずかしかった。

「とにかく友莉ちゃんは、ウエストや腰、尻の身体の線が大人になってる。もっと小さいころから、お尻の形なんかセクシーだったんじゃないかと思うんだけど。どうなの？」

「…………」

プロポーションのことを訊かれたが、自分でも意識するようになっていたし、そうだったかもしれないと思ったりもするが、ずっと以前のことでやはり応えようがなかった。そもそも山際がはっきりした応えを求めているようにも思えなかった。

友莉は見られいじられる羞恥の中で感じさせられて、強く抵抗することはしなくなった。手でモッコリした恥丘とその下の秘めておく部分を隠すことくらいしかできない。

山際は愛撫から始まって、やがて一番感じるところへと邪《よこしま》な手を伸ばしてきた。

(もう、わかってる。恥ずかしくさせる言葉で始まって、少しずつ触っていって……そんなエッチなやり方だってこと)

友莉は羞恥と屈辱とある種の自虐的な期待感で悶え、シースルー水着の全裸に近い身体をよじらせる。そして寒いのに、白い肌がピンク色に染まるくらい火照ってくる。

「友莉ちゃんはティーンとは違うんだ。ティーンは大人すぎて、確かに直接的にはムラムラッとさせられる身体を持っているけれど……」

「その話、前に聞いたわ」

話の途中でそう言うと、

「いや、言いたいのはね、ティーンは絶対エッチなことしたらいけない、人として許されないというようなタブーの感じが弱いということなんだ。友莉ちゃんのようなロリータ年齢の子は、それがうひひと興奮して笑えるように強くて、おチ×ポがビンと立ってくる」

「それ、とても嫌なスケベな考えだわ。タブーってわかるもん。悪いことで恥ずかしいことで……大人がしちゃいけない、恐いことで……」

少女の年齢による違いを説明されて、友莉はおおよそ理解できた。心の中に忍び込んでくる大人の黒い性欲を感じておぞましくなってしまう。そんな恥辱の思いをニヤリと嗤《わら》う山際が憎いが、辱められ、じわじわ感じさせられていく期待感で悩乱しそうになっているのも事実だった。

「じゃあ、今度は仰向けに寝て」

山際は立ったままいじるのに飽きてきたのか、友莉は冷たいタイルの床の上に寝かされた。硬質な床に後頭部とお尻の尾骨が当たって、それほど痛いわけではないが、感触でちょっと顔をしかめる。

そばにしゃがんだ山際に、幼い美脚を太腿まで撫で上げられた。

友莉はヒッと息を呑んで耐える。両手が前に寄って下半身を守ろうとする。

「むふ、ふふふふ」

山際は前のスジとポチポチと尖って見える乳首を交互に見ている。恥丘のあたりを指三本で少し円を描くように撫でたと思ったら、やはり乳首に眼を向けてきた。

「この透け方がエロだなあ」

いやらしく言われて、コリコリと指先でピンクの蕾を掻かれて、転がすようにされた。

友莉が身体を固くして「いやぁ」と、手で透けて見えている乳房をかばうと、山際に両脚をギュッと摑まれた。

脚を上げさせられて、胸のほうへ倒されていく。

「えーっ、な、何するのぉ？」

両脚とも曲げると、身体がちょっと丸まってくる。

「まんぐり返しでございい」

ニヤニヤしながら言われた。聞いたことのない言葉だったが、異様なものを感じた。

正面にいる山際から見て、お尻も股間も露出して丸見えの恥ずかしさである。

「セックスできるポーズだよ」

「えっ」

直接的にあからさまにその言葉を言われて、女の子の「生理の穴」が露出しかけていることを意識した。

「友莉ちゃん、出産ポーズ！」

妙に高い声をつくって言われた。友莉はほんの一瞬だけ笑いそうになったが、そのあまりの言い方と恥辱のポーズに焦って脚をピタリと閉じた。

「ふふふ、閉じても割れ目ちゃんは見えてるよ」

「やぁン」

まんぐり返しから脚をしっかり閉じると、大陰唇が内腿で挟まれる格好になって少し盛り上がった。友莉は大陰唇とその内側の小陰唇を、山際に両手の指でネットリするまで撫で捲られた。

「あぁああああーん、こんな格好でいじるって、スケベ！　わざと辱めるようにしてるぅ」

友莉は幼い怒りの叫びを発したが、ニヤニヤしている山際に再び開脚させられて、思わず手で恥丘の膨らみと恥裂を隠した。

「だめだめ」

山際に手を掴まれて股間からのけさせられた。やり方がちょっと陰湿で意地が悪い。

友莉は「あぅ」と口が半開きになって顔を赤らめ、はかなげな表情を見せる。

左右の脚をしっかり掴まれて、やや強引に大きく開脚させられた。

「女の子がこんなにガバッと開いてるとき、どんな気持ちになってるの？」

「いやぁ、どんなって、恥ずかしいわ」

「恥ずかしくて、興奮してる？」

「あぁ……そ、それは……」

「この膨らみの下の、平たいところ、少し凹んだところを……」

「アアアッ」

水着に透けた恥裂を指先でなぞり上げられていく。友莉は腰がピクピクと引き攣る過敏な反応を示した。

「ここが、友莉ちゃんの胎内への入り口だ」

指が幼膣の肉穴に突き立てられた。

「だめぇぇーっ！」

「大人と比べて、本当に狭いエリアだね。セックスするとき大興奮のピン立ちだよ」

ある程度までは山際の卑猥な言葉を受け入れ、それがマゾっぽい快感につながった。でも、あまりにもあからさまな蔑み、卑猥すぎるからかいは心が乱れてしまう。

透けすけアダルト水着には友莉の突起する乳房が二つはっきりと浮き出している。その形と敏感さをことさら言い立てられ、凝視され、乳首をつまみ上げられた。

「いやぁぁぁーん……」

乳房が膨らむ乳腫れ期の少女が感じることのない乳首快感を、友莉は今異常なほど味わっている。小さな粒に過ぎなかった乳頭が切ない尖りを披露していた。

「土手まで続く割れ目の食い込みがね、すっかり見えてしまってるんだよ。この大陰唇の肉が二つ分かれてるのが……」

秘部の割れ目に山際の指が侵入してくる。

「あうぁぁ、いやぁっ」

「これだよ、この割れ目のお肉、ほら、右と左に」

「だめぇっ、しないでぇ！」

触られた感じだけでなく、直接的にエッチな言い方をされると、心にどうしてもつらい感じで響いてくる。ただ、いろいろ恥ずかしくさせられて、いやらしい雰囲気をつくられて、山際の興奮する世界に自分もどっぷり浸《つ》かってしまっている。

快感がどうしても高まってくる。恥ずかしいのに快感に負けて、閉じようとしていた脚をまた自ら開いてしまった。

「ほーら、してほしいのか？」

山際が眼を見てはやすように言うので、友莉は自分の反応が彼を悦ばせてしまったことがわかった。もう脚を閉じる気力はなかった。

濃紺だが地肌がほぼ透ける水着に恥裂が浮き上がって見えている。開脚で口を開けた恥裂が覗けていて、その割れ目を両手の指でさらに左右に分けるようにしていじられていく。肉芽まで爪でコリコリと掻かれ、つまれそうになったり、ツンツンと突かれたりした。

友莉は快感が積み重なって、口から漏れてしまいそうな喘ぎ声を嚙み殺し、無言で何度も首を振った。

「むふふ、愛液が溢れてきたぞ。透けすけの生地に染みてるよ」

「はぁう、あぅ、あうーん！」

耐えていた喘ぎ声を口からほとばしらせた。

「友莉ちゃん、もういいじゃないか。脱いじゃおうよ」

友莉はハッとして我に返るような表情になった。天井を見ていた顔を起こして、山際を見る。山際がにんまりと相好《そうごう》を崩して、肩まで手を伸ばしてきた。

「裸は、いやぁぁ！」

愛らしい赤い唇を開いて、悲鳴に近い声を奏でた。シースルーの水着ではあっても、脱いでしまったら全裸である。やはり裸よりはアダルト水着のほうがましだった。

「友莉ちゃんを初めて見たとき、単に可愛いという以上の、純情可憐なという死語になってしまった言葉がぴったりの美少女に見えたんだ」

肩からズルッと胸まで水着を下ろされた。

(真っ裸にされちゃう!)

露出させられた乳房を両手でさっと隠した。羞恥心から、裸にはまだ強い抵抗があった。

「こんな美少女は、逃がしちゃいけないって思っていたよ」

胸を隠す手を摑まれて、無理やり離された。

「い、いやぁぁ!」

これまで何度もいじられてきた乳房だが、裸にされると羞恥して山際の視線から顔を背けてしまう。

乳首の尖りを横から指で押された。

「ああっ……そこっ、だめぇぇ!」

乳首が横を向いてしまった。さらに押されて、乳房の脂肪の中へ埋まっていく。

「直接こんなイタズラなんてできっこないと思ってたんだ。ところがどうだ。むふふ、女の子の恥ずかしいところを、感じるところを、こうしていじるところまで来ちゃったよ」

「あうっ、もう、いやらしいこと言いながら、す、するのは——」

テニスボールより少し小さいくらいの乳房を平たく変形するまで握られた。乳首がやや飛び出してきた。

山際の顔が胸に接近してきた。友莉の乳首は、あっという間に山際の口の中に入っていた。

「やぁぁぁーん！」

ジュッと吸い込まれて口内で伸びた乳首を、舌でネロネロと舐められた。

初めて感じるおぞましい快感で眉がつらく歪み、眉間に皺が寄るほど悩乱する。乳首が敏感に痼《しこ》り立ってきて、少女がまず見せることのない哀しさを湛《たた》えたしかめっ面になった。

「友莉ちゃん、いい顔になってる。性被害の少女の雰囲気があるのがいいよねえ」

「ま、また、恐い言い方するぅ」

性被害は心の奥深くまで沁み込んでくるような嫌な言葉だった。

ピッタリ密着したシースルー水着をズルズルと皮を剝ぐように脱がされた。

「うーむ、土手がいやらしい……ポコッと出てるじゃないか。もちろん毛なんか生えてない」

無毛で綺麗な肌色をした恥丘と少女の肉溝が姿を現した。友莉は恥じらいから脚を

た。
に沿って下から縦にスッ、スッと撫で上げられ、左右の大陰唇を交互に指先で押され
声をあげても、山際の視線からは逃れられない。まだ脚は閉じたままだが、割れ目
「見ないでぇ！」
「こら、脚を開いて……白い綺麗な大陰唇だな。ぜんぜん黒ずんでない」
さっと閉じた。

「ああっ、触るのはいやぁぁ」
「柔らかい感触がたまらんなあ」
指で撫でられる感触で、いやがうえにもその大陰唇を意識させられる。山際の手で
太腿を押され、ちょっとだけ開いてしまう。
「こっちが小陰唇……」
「いやっ、やぁン」
片手の指でちょっと大陰唇を押しのけるようにして、中のピラピラした襞びらをつ
まもうとする。やりにくくてつまめないようだが、柔らかい内腿の間にギュッと指が
入ってきて、可愛い襞びらを弄《もてあそ》んでくる。
「友莉ちゃん、小陰唇が普通の人より大きいよ。大きいというか厚みがあるというか、

すごく赤っぽいピンク色をしていて、いかにもやらしい淫乱ロリータみたいな感じだ。小陰唇が大きいとそれだけ色情症があって……まあ俗説だけど、でも当たってるような気がするなあ」

そんなことはないと普通に思う友莉だが、特に反発しても仕方がない状況なので、そのことには沈黙した。

その小陰唇の襞びらを指でビラッと広げられてしまうと、

「広げちゃ、いやぁーっ！」

と、わななないて腰をひねり、珍しく山際の手を振りきった。少女の花園を蹂躙されて、まさに性被害少女の嘆きが吐露された。

「花びらをほらぁ、広げていくぞぉ。ほーら、ほら、感じてきた」

山際は友莉の哀切な叫びが面白いのか、ますますその異常性を発揮して、秘部へ玩弄の手を伸ばしてきた。

友莉は下半身をくねくね悶えさせて、性感帯の発情から逃れようとする。全裸の羞恥と性的なイタズラによる快感で、友莉はまた防御的に脚をよじり合わせた。

すると、山際に両足首をことさら力を入れるようにしてギュッと摑まれた。

「ひいっ」

山際の強い意志も感じて、息を吸い込むような声をあげた。

次の瞬間、一気に大きく開脚させられた。

「だめぇぇっ！」

大股開きになると、大陰唇が平たくなってその形状が判然としなくなった。愛撫されていた可愛い陰核とその包皮も露になって、そこから左右に広がる二枚の小陰唇も花びらを開いてしまった。

友莉は山際の断固開脚させるやり方で、もはや脚を閉じることはおろか、手で股間を隠すことも心理的にできなくなった。

「さっき花びらを開いたけれど、すぐ嫌がって抵抗したじゃない。でも、もうだめだぞ。おチ×ポを挿入する魅惑の処女穴が見えてるんだ。むふふふ、大人のような黒ずんだオマ×コじゃなくて、清潔な感じがいいよ。舐めなめしちゃうぞ」

「あうぁぁぁ」

襞びらを指でくつろげられてしまった友莉は、もう観念してされるがままになった。

ハート形の少女にしてはやや厚みのある皺々の小陰唇の間に指が入ってきた。

友莉はイヤッと叫ぶような表情になって首を振るが、そのときには襞びらをわざと辱めるように両手の指でしっかりと広げられていた。

「ひゃあぁああっ！」

　綺麗なサーモンピンクの膣が露になった。「生理の穴」が露出する感覚を味わい、その穴の位置も山際の指で襞を開かれたため認識させられることになった。

「おぉ、今、動いたよ。友莉ちゃんのハメハメするお穴が……」

「み、見ちゃいやぁーっ！　やぁぁぁーん！」

　山際を悦ばせることになるとわかっていたが、強い羞恥心からかん高い声が口からほとばしり出た。

「穴の上のほうにね、ぐふっ、ピクピク感じる友莉ちゃんの一番エッチなお豆さんがあるよ」

「あン、やぁン……そこぉ、触らないでっ」

　肉芽を指の腹で押され、その状態で小さく円を描いてゆっくりと揉まれていく。そこはごくまれにやるオナニーのときも、特に感じることがわかっていて興奮しながら触る場所だった。

「あ、あぁ、あはぁあうっ」

　友莉は快感で柔らかい身体がよじれていく。

「ほら、わかる？　クリトリスが感じて勃起してるよ」

唾をつけた指で肉芽をヌルヌルさせ、上から押しておいてゆっくり円を描いて揉み込んできた。

「はぁン、そこっ、クハァアッ！　だ、だめぇっ……」

友莉は急に襲ってきた快感で、引き攣るような声をあげて嫌がった。ピクッ、ピクンと鼠径部あたりの筋が痙攣する。閉じていた太腿も開いていく。

「可愛くて、しかも、いかがわしい、後ろ暗い気持ちにさせてくれる少女は珍しい。やってはいけないことをやる興奮、友莉ちゃんも興奮してるはずだよ」

「は、はい。感じて……でも、そこは——だめなのぉ！　あああああっ……」

友莉は思わず認めるようなことを口走っていた。少女の最大の弱点のピンク色の肉突起を責められて狂っていく。

その姿を見た山際は眼に鈍い光を湛えて、さらにクリトリスへの刺激を執拗に続けていこうとした。友莉はそんな山際に刹那憎い気持ちを持った。だが、キューンと深く肉内部に達する強い快感に負けてしまう。

たまらない快感が積み重なって、下半身が腰を中心に痙攣を起こした。

「あはぁああン！　も、もう、だめぇぇーっ！」

今まであげたことのない切羽詰まる快感の涙声を更衣室に響かせた。

その淫らな声音を奏でる口を、山際の手がさっと塞いだ。そして敏感な肉突起から、邪悪な指が離れた。

……と、山際の顔が股間に迫ってきた。

露出している膣粘膜に、ベタッと口をつけられた。

「あぁうっ！　せ、先生ぇ、そんなっ、く、口でなんてぇ」

山際はさっき舐めるようなことを言っていた。そのときはピンと来なかったが、本当に口を秘部につけられた。友莉はショックでビクンと身体が震え、顔を起こした。

友莉の開いた脚の間に山際の頭が見える。

「舐めちゃ、いやぁーっ！」

初々しい膣粘膜を、舌でネロネロと舐められはじめた。

山際の頭を両手で押すが、びくともしない。顔が股間に強く押しつけられて離れない。

「少女の不潔感がまったくないオマ×コだから、ずっと舐めていられる」

そう言って、鼻息を荒くさせる山際である。舌先が大きなナメクジのように、縦横無尽に恥裂内部を動き回った。

快感が膣穴や肉芽から脳天へと駆け上ってくる。

「あぁっ……くっ、くうっ！　あぁああああうっ……だめぇぇぇーっ！」

声を詰まらせ、背を反らせていく。

両手の親指で恥裂をさらに大きく広げられた。もう敏感な粘膜と幼穴が剝き出し状態である。その状態でクリトリスも含めてべろんべろんと大きく舐め上げられ、そのあとチロチロと肉芽と膣穴を細かくくすぐられていった。

「やぁあああああーん！」

小さな花弁が開くと同時に、出てほしくない愛液が溢れてきた。

「おお、子供なのに、オマ×コから愛液を垂れ流して、もうすぐイクのかなぁ？」

友莉は卑猥なムードのなか、直接秘部を舐められる快感で身体を引き攣らせて悶えた。

山際がさっと立ち上がった。股間が解放されたが、何？　と不安に思って山際を見ると、眼が血走って鼻息荒くズボンを脱いでいるところだった。

ズボンを脱ぐということは、男の人のあれを出して……。

ペニスを無理やり入れられる。そう思う友莉の前で山際がズボンを脱ぎ、黒いブリーフを脱いだ。すると、すでに勃起していた肉棒がビンと跳ね起きるように飛び出してきた。

「それ、いやぁっ」

友莉は恐がって、仰向けの格好で床を手足で這って逃げようとした。

「ほらっ、じっとして！」

山際の手が伸びてきて、太腿をギュッと摑まれた。

「ああーっ、放してぇ！」

摑まれた刺激で、声が大きくなった。

「しっ、声が大きい」

言われて、友莉はすぐに黙ってしまった。やっぱり誰にも知られたくない。エッチなこと、恥ずかしいことを甘んじて受け入れていこうと思っている。

山際が筋張って漲《みなぎ》っている肉棒を手で支えて、開いた脚の間に入ってきた。

「大丈夫、入れたりしない。くっつけるだけ」

「だめぇっ、来ちゃいやぁぁ」

首を振りたくる。山際の言葉を信じないわけではないが、大人の勃起の大きさにおののいていた。

「先生だって、わかってるよ。今挿入なんかしたら、処女喪失で処女膜破れて大変だ。下校するまでに怪しまれてばれちゃう」

そうは言うが、すでに山際の腰は友莉の太腿の間に位置していた。

また指で皺々の襞びらを開き、勃起を持って、ブックり膨らんだ亀頭を友莉の「生理の穴」に接触させてきた。

「やだぁぁーっ！」

やっぱり犯されるぅ！

友莉は必死の形相になる。

「大丈夫だから、少しくっつけるだけだから……」

そっと宛がわれた亀頭はその位置で止まっていた。ちょん、ちょんと軽く膣穴を突くだけにとどまっている。騙そうとしている感じはしなかった。

ちょっと腰の角度を変えて、肉棒も握り直し、亀頭をすばやく上下動させて膣から肉芽まで盛んに擦りつけてきた。

「あぁあああぁっ……な、何をするのぉ？」

さっきクリトリスを舌で舐められて快感が研ぎ澄まされていた。その快感とはまた別の快感が襲ってきた。亀頭のプリプリ張ったお肉の摩擦により、おぞましさを含めて不気味なほど気持ちがよくなってしまう。

亀頭の擦りつけによる快感で、友莉の膣口がキュッ、キュッと締まって、刹那山際のそれをくすぐるように締めてしまった。その締めるときの快感と穴の縁で感じる亀頭の手ごたえが合わさって、友莉は不思議な幸福感に出会った。

今、絶対に許されない教師のペニスと交わっている。同級生も使う更衣室での猥褻行為を味わっているのだ。ばれたら完全におしまいになる緊張感の中で、性被害の少女として膣口からジュルッと愛液が分泌した。

「は、入るぅ、やだぁーっ！」

またちょっと大きな声を口からほとばしらせてしまった。明らかに山際は亀頭を膣内に入れようとしていた。「生理の穴」が少し広がってきた。

「さ、先っぽだけ、ちょっとだけだから」

「いやぁぁ、言ってたことと違うーっ！」

「わ、わかった……もう一度、擦りつけるだけにする」

山際は再び手で肉棒を握って、上下にすばやく動かした。亀頭が膣粘膜に摩擦されていく。

ペニスの先端が小陰唇まで掻き分けて、ズリリッと、膣肉を擦り上げ、肉芽まで刺激してくる。

快感が積み重なって、再び膣がクイクイ締まってきた。

「ひぐぅっ、イ、イッ……グッ……あうぅっ、あンはぁっ、あぁあああうぅーっ！」

友莉はのけ反りつつ、かん高い喘ぎを口から奏でた。そのとき快感がジンと濃桃色の幼肉に痺れわたり、一気に脳天まで駆け上った。

眼の前が白くかすんだ。

イッた感覚になった。オナニーで味わう快感よりはるかに強く深い快感だった。

もう少しでイクという恥ずかしい言葉を口走るところだった。それは誰も見ていないオナニーでも、恥ずかしくて言ったことがない言葉だった。

山際に顔をじっと凝視するように見られた。

やがて、股間から山際の肉棒が離れた。

「むうぅ、ドビュッと出るところだった。出すのはまだだ」

射精のことを言っている。友莉はそれがわかった。

絶頂感の余韻が続いて、華奢な腰が小刻みに痙攣している。

幼膣はトロトロに熱く濡れて、膣口もお尻の穴もポカァと開いていた。

第四章　大浴場での淫棒挿入

二学期に入ると、まもなく修学旅行が行われた。日取りは秋の旅行シーズン中のピーク時を避けたらしく、早めの九月上旬だった。

学校の前の道路に貸切バスが何台も並んで、一種壮観な眺めになっていた。

友莉が母親から聞いたところでは、山際を含む教師数人が修学旅行の下見と称して旅行先へ遊びにいったらしい。ＰＴＡの有志が問題視して声をあげたが、学校側はのらりくらり交わして誤魔化そうとしていた。ただ、そんな大人の話に友莉はほとんど興味はなかった。

修学旅行の一行は半日かけて旅行先の名所旧跡を巡って、日も暮れかけたころ宿泊先の旅館に着いた。

友莉たちの班の六人は十二畳の和室に入った。

「そのバニー、可愛いね」

親に新調してもらったボストンバッグを肩から下ろして畳の上に置くと、後ろからクラスのお友だちに言われた。ちょっと笑っている。バスに乗るのに並んで待っていたときもほかの子に同じことを言われた。

薄いピンクのバッグで、バニーの柄は今の友莉の年齢にしては幼かった。母親はほかのものも友莉に相談せずにたいてい自分だけで決めて買うので、そういうとき言い争いになったりしている。

友莉は手で持ってぶら下げていると重いので、ショルダーバッグにして肩当てパッドを使って肩にかけていた。学校に来るまでは右肩からたすきに左脇まで掛けていたが、それがどうも格好が悪い気がして肩だけにかけていた。リュックにしている子も多かったが、中のものをすぐ取り出せるのが便利だった。

「親が勝手にネットで買ったの」

友莉が言うと、いくら？　とまた聞かれた。「一万円はしないわ」と応えたが、その子は女子のボス的な存在だったので、あまり話したくない子だったし、何かされるのではないかと気になっていた。その子も旅行先の下見の件で山際のことを噂していた。

友莉は髪形を変えていた。前髪の両端に長く垂らして、頭の上のほうに三つ編みをつくり、背中にまでかかるロングにしている。ちょっと古風で美しかった。黒髪はいい匂いがしている。顔の丸みが少し取れて、ちょっぴり大人になっていた。最近友莉も気づいていたことだが、乳房の底面積が広くなっていた。簡単に言えば成長していたわけだが、丸みを帯びてサイズも変わってきている。お尻も柔らかい脂肪が乗って大きくなった。

みんなといっしょに長時間歩いた友莉は、穿いているショーツに汗や粘液の染みでじっとりとした不快感があった。部屋に入るとすぐ、バッグのサイドポケットのファスナーを引いて開け、替えのショーツを出した。まもなく入浴の時間だが、ふだんより粘液が分泌しているような気がして、トイレに入って穿き替え、汚れたショーツは小さなビニール袋に入れておいた。

友莉は夏休み明けの始業式の日のことを思い出す。山際に放課後残るように言われて教室で待っていると、「身体全体としては、子供の華奢な骨格だけどね……」などと言われながら、ウエストからお尻まで、両手の指十本で何往復も撫でられた。

じわじわと身体を愛撫されたが、それは以前からの山際の趣味のようで、スカートの中に手をスポッと入れられた。夏休み中に新学期になればそんなことをされるだろうと予想していて、恐れと期待で心の中がもやもやしていたが、案の定だった。

その後、山際もさすがに学校内では頻繁に猥褻な行為はできず、今日までその邪悪な手を伸ばしてこなかった。それだけに、修学旅行の数日間のうちに何かが起こりそうな気がして、友莉は不安感とそれに相反する期待感で落ち着かなかった。

大広間での夕食のあとすぐ入浴時間になって大浴場で身体を洗い、熱い湯に首まで浸かって、身体の隅々まで――少女のデリケートな部分まで温めて火照らせた。友莉はもちろんまた新しい下着に穿き替えた。

友莉は一時これまでの異常な、恥ずかしい、快感と興奮の出来事を忘れ、元の純真な少女に戻っていた。だが、事件が起こったのは消灯後のことだった。女子の部屋に男子が五人も入ってきたのだ。

キャーッと女子の悲鳴が聞こえたが、本気の悲鳴ではなかった。

友莉は誰かがひそひそ小声で話すのを聞いて知っていたが、今日友莉にも話しかけてきた女子のボスのような子が男子を導いて部屋に入れたのだった。

暗いなか、懐中電灯のＬＥＤライトがやたら眩《まぶ》しかった。

「いやぁ、キスされたぁ！」

そんな悲鳴に似た声が飛んだ。

「やーん、熊沢《くまざわ》君、オッパイ触ったぁ」

別の子の叫び声が聞こえた。

「やったぁ、美紀《みき》の巨乳揉みもみだっ」

男子はやりたい放題だ。でも、女子はそれを悲鳴をあげながらも認めている。それは友莉もわかる。

ふと、近くに人の気配がした。振り向くと、男子の一人に無理やり抱きつかれた。

「ゆりっぺも、乳《ちち》大きくなってきたな」

その子に乳房を揉まれた。男子だからか力が強く、ギュッ、ギュッと揉まれてやけに痛かった。

「いやぁっ!」

キスもされかけたが、相手の顔を力いっぱい押して拒んだ。

顔を強く押していると、その子も根負けして離れた。

そのときだった。男子よりもっと強い気配をただよわせる人間が部屋に入ってきた。

「こらぁ!　おまえら、何やってる――」

部屋の電気がつけられて目の前に浮かび上がったのは、見回りに来た山際の姿だった。

友莉の胸に触った子が隠れようとして、布団にもぐり込んだ。友莉は上半身が出ていたが、布団が異様に盛り上がっている。

「何してる、布団に二人で入ってっ……馬鹿か、おまえらぁ！」

山際の大きな声が恐かった。その子が布団にもぐり込んでいることはすぐにばれてしまった。

「あぁ、違いますぅ。この子が勝手に入ってきて」

「言い訳するな。一つの布団でエッチする気かっ」

それを聞いて、ほかの子たちも「ははは」と笑った。

男子はひっぱたかれ、友莉もひどく叱られた。さらに友莉はお説教ということでパジャマを着たまま部屋の外に出された。

「わたしが悪いんじゃありません」

涙ぐんで言う。

「石田《いしだ》さんが手引きして男子を入れたんです。あの子、クラスを仕切ってるような子なの」

山際は手加減すると疑われるから厳しくしているようにも思えるが、友莉は自分は悪くないのにと涙ぐんだ。

「ああ、わかってる」

山際はすぐそう応えた。やはり一種のカムフラージュで友莉に厳しくしたようだ。

外へ出てしばらくすると、友莉はなぜか階下に降りて旅館の一階の大浴場に連れていかれた。

「入浴時間は夜十二時までになっている。でも、この旅館は学校で貸切にしている。一般客はいない。消灯後風呂には誰も入ってこない」

友莉は男湯のほうにドキドキしながら入れられた。まだ十時過ぎだが、山際が言うように旅館は学校が貸し切り、客は生徒だけなので、風呂には人っ子一人いなかった。

「こんなところに……な、何をする気なのぉ？」

男湯の広い脱衣場に入ると、気のせいかもしれないが何やら男臭さを感じた。

「ふふふ、誰かさんを真っ裸にして、身体中洗って……ここもだ！」

「ああっ」

山際の手が下半身に伸びてきて、パジャマの上から割れ目に指を食い込まされた。

「さあ、自分でパジャマを脱いで……前に一度、更衣室で真っ裸になったじゃない」

「あぁ……」

友莉は山際を上目で見ながら眼をパチクリさせていたが、恐るおそる細い指でパジャマのボタンを外しはじめた。服を脱ぎながら、ちらっと山際を見て恥じらいの表情を見せた。

「久しぶりに見るなあ」

ブラジャーは外していたため、乳房を間近から見下ろされている。

「またいろんなところいじって、か、感じさせるつもりなのぉ？」

「そりゃあ、友莉ちゃんが望むなら」

「あ、あぅ……そんなぁ……」

心の中を覗き見るように言われ、友莉は否定できなかった。

友莉は前屈みになりながら、パジャマのズボンをゆっくり脱いでいった。

「男子の汗がついた身体を洗ってやる」

パジャマを脱いでしまうと、山際はコットンが入っていない化繊のみのパンティをじっと見ていたが、ウエストゴムをつまんで下ろそうとした。

「いやぁ、自分で脱ぐわ」

友莉は嫌がって腰をひねると、前屈みに腰を引きながらパンティを脱いでいった。

すると、山際が急に友莉の前にしゃがんだ。

顔が下腹のすぐ前にある。そういうやり方もことさら恥ずかしくさせようという魂胆に思える。

パンティも脱いで全裸になってしまった友莉は、目の前にしゃがんだ山際に無毛のすべすべした秘部を視野に収められている。

「手をどけて」

友莉は恥じらって前を両手で隠していた。その手をのけるように促されたが、赤面して首を左右に振った。

「いいから」

友莉の手は山際にさっと横に離されてしまった。脚をよじり合わせ、羞恥から身体を縮こまらせた。

「おお、セクシー」

セクシーと言われるのは嫌ではないが、山際がまだ服を着ているのに、その前で真っ裸になってしまって、友莉はあまりの恥ずかしさに腰をくねらせてしまう。

「うーむ、スクール水着の日焼けしてない白いところが綺麗で、ムラムラするねえ」

「あぁ、白い肌が好きなのぉ？」

じっと見られていると恥ずかしいので、何でもいいからちょっと言い返している。

自分でも少し目立つと思って気にしていた日焼けのあとだが、白い肌が眩しくてエッチな大人の眼を惹くことは当然のように予測できた。

友莉は全裸になってしまうと、山際によって風呂の洗い場に入れられた。

大きな浴槽の真ん中に噴水があって、湯が常に涌き出て上から注がれている。湯の跳ねる音が耳に心地いい。大浴場の外に中庭が見えていて、誰かに見られているような錯覚を感じた。

「ちょっと身体を温めてから、シャボンをつけて泡だらけにして、よーく洗ってあげる。男子に抱きつかれて舐めなめされた身体を綺麗にしなきゃ」

「いやぁン、舐めなめなんてされてないわ」

「むふふふふ」

友莉は湯船に浸かって山際が言ったように身体を温めたあと、タイルの床の上に寝かされた。

山際はスポンジは使わずに、ボディソープを手にたっぷり取って擦り合わせ、少し泡立たせた。薔薇の香りだろうか甘い匂いがただよった。

濃厚な泡のついた手で身体を撫で回されていく。乳房と乳首をヌルヌルと両手で執拗に撫でて洗われた。

「ああっ、やぁン、あうぅぅ……」

敏感な乳首を指先で細かく掻くようにして刺激されると、特に快感が鋭くなって上体がピクピク反応してしまう。

「前よりもオッパイが膨らんできてるね」

「あう、揉むのやだぁぁ」

「春、まだ苺の形で小さかったときもよかったけれど、今はもっと大きくなって、やっぱり前にポコッと出てる。本当に可愛くてエロい形してるよ。先生は興奮するよ。こうやってシャボンつけて撫でていくとぉ……」

「あーう、お乳がぁ、感じちゃう。変になるから、もうやだぁぁ！」

膨らんだ乳房を力を入れて揉まれ、少し痛かった。

「以前に飛び出してきたときより柔らかくなってるよ。マシュマロのような柔らかさだ」

山際は前に触ったときと比べている。細かく意識して触っているようだ。

友莉の乳房は小さいなりに丸く膨らんで、形も山際が言うように前に飛び出している。ある意味、友莉自身自慢にしている少女なりにセクシーな乳房である。無造作に撫で回されてゾクゾクッと感じてしまい、柔軟な肢体をくねらせた。

「乳首がほら、こんなに尖ってコリコリしてきてる」

「あぁン、しないでっ……」

乳頭が突起してツンと硬くなってしまった。乳首の快感だけで泡だらけの小さな身体がくねり悶え、背中を痛くなるほど反らせてしまう。

友莉は乳房を撫でられ、乳首を転がされるうち、少女の泉が湧き出してきそうな快感に見舞われた。秘密の割れ目が開いて、その奥の「生理の穴」までムズムズしはじめた。

「ほらぁ、こうやっていくとぉ」

山際の両手が乳房からゆっくりと下りていった。胸からお腹まで来て、無毛の恥丘をくすぐっていく。両手の指で恥丘の両側から泡で滑らせてヌルッと内腿の間に入った。

「ああっ、そこぉ……」

触らないでと訴えようとして、快感で奥歯を噛みしめる。乳首から撫で下ろされて快感が恥部に集中してきた。刹那少女の泉への刺激を期待してしまうが、そんな恥ずかしい思いを心の中で打ち消したくなって葛藤が起こってくる。

「はぁう！」

指を一本、割れ目に滑り込まされた。太腿をピタッと閉じて膝を曲げ、脚をちょっと上げてしまう。もう身体中、敏感になってきている。

「じっとしてぇ。石鹸がついてヌルヌルッとして、いい感じだろ？」

ズッ、ズッと恥裂の端まで指が侵入してきて、指の腹全体が友莉の秘部粘膜を覆った。

狼狽《ろうばい》した友莉はちょっと腹筋を使うようにして顔を起こし、自分の下腹部を見ようとした。悪さしてくるのは山際の一番長い中指だった。指が曲げられて、ヌニュッと友莉の開発途上の性感帯である恥裂内部に侵入した。

「ひいっ……そこは、お、女の子の触っちゃいけないところぉ！」

どうしてもそんな叫びを披露してしまう。男の人にそこを感じさせられるなんて恥ずかしい。でも、同時にそれを望んでいる自分もいる。

デリケート部分への指の挿入は前にもプールの更衣室で経験させられた。今回は大浴場で全身泡まみれで行われ、何かうっとりするような濃密な感覚に襲われている。大湯の温かさ、湿度の高さ、大浴場のムード。そういった少女でも官能の揺らめきを感じやすい状態も手伝って、山際の手管が友莉の心身を甘く蝕《むしば》んでいく。

「おうぅ……挿入すると、友莉ちゃんはどんな声をあげるのかな」

「えっ？」

山際は何気にそう言った。どこに何を挿入するというのか、それは容易に想像がつく。

「感じることはいいことだ。あの液が、むふふ、いっぱい出ちゃって可愛くなるよ。感じることに馴れてくれれば、性ホルモンが分泌して身体中に回って、もっと綺麗になるだろうね」

「あぁ、そんなことぉ……」

山際の言うことはある程度理解できた。ただ俗説のようだし、エッチな意味で言っているだけなのはわかっている。だから何と応えていいかわからない。

「ほら、ここからホルモンが出る。卵巣だよ……」

指で下腹の左右二カ所を押された。

「あうっ……お、押さないでぇ」

卵巣なんて言われてやや強くその場所を指圧された。ちょっと呻き声が出てしまって、痛くはないが何か性的な刺激に近い圧迫感になった。

「卵がぴょこんと出てくる」

「やぁン……はぅ、あぅぅ……」

卵巣だという場所をグッと指圧されたままゆっくり揉まれた。友莉は快感に近い生殖器への刺激によって、下腹が上下して口が半開きになる。

「友莉ちゃんは単に顔が可愛いだけじゃなくて、色が白くて、肉質が柔らかいんだ。肌がしっとりしてる」

「ああっ」

脚のつけ根に指が当てられた。

「鼠径部というところ、ここだよ。ここが滑らかな肌をしてる……」

「やーん、もう、あちこち触らないでぇ」

両手で腿のつけ根の下腹の両脇を繰り返し撫でられた。

友莉は眉間に皺を寄せて、子供の表情とは思えない悩乱の面持ちになって、華奢な身体をくねらせた。

「おうちでお風呂に入ったとき、むふふ、シャボンのついたオマ×コを指でヌルヌル擦ってオナニーするだろ。でも自分でするより人にやってもらったほうが感じるんじゃない？」

そう言われて、友莉は頷きはしないが、あえて否定もしなかった。それに近いことはやっていた。抵抗もせず山際の指の動きを受け入れている。

「あぁあああああっ……」

指が小陰唇の内側まで侵入してきた。ヌルッ、ニチャッ……と、膣粘膜を指が摩擦してくる。そんなに強く擦ったりしないが、シャボンで滑ってすばやく繰り返し膣口からクリトリスまで上下に陰湿な愛撫をされた。

快感が身体中に伝わっていく。ガクガクッと腰が震え、脚も開きぎみに弛んできた。耐えられないような快感で息を詰めてのけ反り、硬いタイルの床に押しつけた後頭部が痛くなる。

「あああっ、は、入るぅ！」

指が、膣穴に第一関節くらいまで入ってきた。

友莉は思わず腰をひねって逃れようとする。

快感に近い強い刺激がキュンと膣性感として奥まで響いてくる。友莉は歯を食いしばって顔もしかめた。

「ぐふふふ……」

山際の低い笑い声が憎い。痛いが、それだけではなく快感にもなっている。以前自分で指を入れたときはただ痛みを感じるだけだった。友莉は性器が知らない間に大人になっているような気がした。

「やぁあン、指を動かさないでぇ！」

山際の指が膣穴付近でほんの少しだが、細かく曲げ伸ばしされた。やはり快感があった。男の指でやられているからこそ感じるのかもしれない。そう思うと、また山際が憎くなる。

友莉がたまらず横向きになると、山際はシャワーの湯を浴びせてきた。

「あっ、ああっ……」

全身泡まみれの身体をシャワーの湯が叩いて、ざっと洗い流された。湯が身体を温め、潤していく。下半身にもかけられて、股間まで熱くなる。

「ほれ、ここも」

山際の手が内腿に宛がわれて、ぐっと力を入れて開脚を促された。

「あうぅ」

友莉は何も考えられずに身体の力を抜いて、山際に誘導されるまま大きく開脚していく。

「女の股間節は柔らかいけど、少女のお股は大人よりすんなり大きく開くねえ」

「ああっ……やぁン！」

脚を開いていくと、シャワーのノズルを置いた山際に太腿を両手で左右に押し分けられた。

「ほーれ、出てきた」

「ああっ、そんな！」

山際はもう一度シャワーのノズルを持って、友莉の股間に湯のシャワーを浴びせてきた。大股開きにさせられたため、友莉の恥裂は大きく口を開けていた。小陰唇まで開き、敏感になっていた膣穴に熱い湯が当たった。

「あぁーう！　だ、だめぇぇぇ……」

膣の美肉が快感で弾けそうになる。膣口も肉芽も熱いシャワーの放射を受けつづけた。いたいけな花びらがプルプルッと震えている。

友莉の性感帯の最も敏感なお肉、その感覚器官が強い刺激を受けて一気にスパークした。

「はぁうぅっ……あぅ、あはぁン、あぁあああーン！」

シャワーのノズルが股間に接近してきた。ちょっと刺激が強すぎて、快感がかえって弱くなった。

友莉は一瞬無言になった。気持ちの中で近すぎると感じたが、口には出せない。

感じるようにしてほしいと口に出しては言えなかったが、山際もわかったようで、徐々にノズルを遠ざけ、ちょうどいい塩梅《あんばい》に離すと、友莉は身体をくねくねと悶えさせた。さらにシャワーのコックをひねって湯の勢いを調節され、一番感じる強さにされた。

「先生ぇ、それ……き、効くぅ！」

友莉は激しく反応した。腰をくねらせたり、脚を閉じて腿でノズルを挟んだり、また大きく開脚したりした。

片脚の腿のつけ根あたりを手で押さえられているだけで、もう片方の脚は自由だが、自ら山際に強制されたときの横に大きく開いたままの格好を保っている。

露出した可愛いオマ×コの粘膜にいくらでもシャワーの湯の放射が当てられて、その快感はどんどん積み重なってくる。

友莉は右に左に身体をよじらせ、華奢で柔軟な肢体を背骨が軋《きし》むほどのけ反らせた。

(このまま感じさせられてたら……イクゥ！)

自分でもシャワーでオナニーすることはあったが、同じシャワーでもずっと感じてしまって、絶頂感は避けられない気がした。

修学旅行先の旅館の大浴場で、担任教師にイタズラされてイカされる。その恥ずかしさと快感と興奮で、もう二度と普通の女の子に戻れなくなってしまうような恐怖を感じる。同時に、友莉はもうどうなってもいいような、身体を投げ出してしまいそうな気持ちに高まっていた。

「だめぇっ……せ、先生ぇ、イクッ！　あぁぁぁ、イクゥ、イグ、イクイクゥッ！」

快感が脳天まで達した。

友莉は全身の痙攣を起こしながら、足の指がすべて開いた。スレンダーな幼い美脚は二本とも伸びきった。身長百四十九センチまで成長した生白い女体をよじらせ、背中も反ったまま幸福感に満たされていく。

担任教師の山際の前で、初めてイクという言葉を口走った。それは何か一線を越えたような恥ずかしい、それでいて自分を明け渡す解放感のある強烈な興奮だった。

激しいイキのあとも、しばらく友莉の身体は強張ったままだった。やがてその小さな身体からストンと何かが落ちるように力が抜けていった。

シャワーの湯で濡れた膣穴から、ジュッ、ジュルと、愛液が垂れ漏れてくるのを感じている。友莉はまだ微睡《まどろみ》の中にあった。

……と、山際が次の行動に移った。友莉が気づいたときには、山際に開いた脚の間に入られていた。

「友莉ちゃん、先生のこれ、見てごらん」

山際の言葉で何か不穏なものを感じた友莉は、顔を少し起こした。

「そ、それ、いやぁっ！」

眼に映ったのは、手で膨張した逸物を握って、先っぽを友莉の股間に向けてくる山際の姿だった。

逃げる間もなく、内腿のつけ根に亀頭が接触した。友莉はゾクッと鳥肌立つような刺激を受けた。

シャワーで感じさせられて、愛液が溢れた秘穴を狙われている。友莉の視線が凍りつく。

修学旅行先の旅館の風呂の中で、担任教師の勃起したペニスを女の子の一番危険なところに挿入される。そんなことさせてはいけない！

友莉は首を振りながら、無言で手足を使って後ずさった。開いた脚の間に山際が入っているので、脚を閉じることができないまま後ろ向きに這っていく。

山際は両手をついて膝で這いながら、ビンッと漲った男の武器を友莉に肉薄させてきた。

「いやぁぁ、そ、それ、だめぇーっ！」

パンパンに膨らんだ亀頭が友莉の股間まで内腿を這い上がってきた。その感触で友莉は反射的に力が入って、開口しかけていた膣がギュッと締まった。同時に膨張した亀頭がその窄《すぼ》まった膣口にくっついた。

「大丈夫、くっつけるだけ」

前にもそう言われた更衣室でのことだ。確かに挿入はされなかった。でも亀頭は少し入れられた。また同じようにするのだろうか。もうズボッと挿入されそうな気がする。

「うあぁぁ、せ、先生ぃ……」

亀頭がピトッと恥裂に接触した。

山際を嫌いではない。でも、肉棒がくっつくと、そのおぞましい感触で幼穴から脳天まで刺激が走って鳥肌が立ってくる。

友莉は紅潮した顔で山際の肉棒を見るが、その根元から半分くらいしか視野に入らない。だが、体内に挿入されようとしていることくらい認識できた。

「い、入れるのはいやぁ!」

「うお、も、もう、行くよ」

「うわぁぁぁ」

穴が広がっちゃう――。

亀頭が友莉の膣口を惨く広げて入ってきた。

「あうあぁあっ、やっぱり入れるぅ！　だめぇぇぇ！」

「いや、少しだ。先っぽだけだから」

「でも、大きいぃ！」

友莉は山際を信じていたものの、いざ大人の大きな肉棒が幼膣に入ってくると、ブッスリと槍で刺すように挿入しようとしているように思えてならなかった。

「ちょっとだけ入れて、抜くから」

「い、痛ぁい、いやぁぁーっ！」

亀頭はすでに全体がズブッと友莉の膣内に闖入《ちんにゅう》していた。そこでピタリと止まったが、わずかに肉槍で突く動きを見せている。

山際は亀頭だけ友莉の体内に入れておいて、肉棒の茎を手で摑んで、ぐるり、ぐるりと円を描いて穴の中で回しはじめた。

「あンひぃっ、そ、それ、だめぇぇ！　動くの、いやぁぁ、抜いてぇ！」

十分には見えないところで、長大な肉棒が友莉の内部に入ってこようとしている。

亀頭がぐにゅっと海綿体の塊を変形させながら、小さな幼穴に侵入してきた。入り口のみではあるが、いっぱいに収まっている。膣口の拡張で友莉の身体が硬直していく。

亀頭はプールの更衣室では少し入りかけたくらいだった。今、その亀頭がほぼ膣内に収まってしまった。先っぽを入れるだけと山際は言ったが、嵌め込んでおいて、中でえぐるように肉棒を摑んで手でぐるぐる回すなんて——騙されたみたいで涙がこぼれそうになる。

「おうあぁっ」

山際の口から喘ぎ声のようなものが漏れて、亀頭が感じていることがわかった。

友莉はしかめっ面をして歯を食いしばった。

も、もう、だめぇぇ……。

肉棒を挿入される覚悟の中に入っていく。

だが、そのとき亀頭が膣口からズルッと抜けていった。

「むふぅ……まだまだというところかな」

山際は完全な肉棒の挿入は無理だと判断したようだ。亀頭のプリプリした肉の感触で、友莉は一瞬大きなおチ×ポ全体の挿入を覚悟したが、安堵して溜め息をついた。

「まだ子供の乳房の形だ。先生、ムラッとするよ……」

今度は矛先を乳房に向けてきたようで、山際は膝で立って友莉の横に移動してきた。

乳房に手を添えて少し握られた。山際は自分の肉棒も手で持って、友莉の小ぶりの乳房に先っぽを押しつけてきた。

「ああっ、そんなこと、スケベ！　いやぁっ」

亀頭で乳房の柔らかい脂肪を変形させられた。

ピンク色の小さく膨らんだ円錐形の乳首にも、亀頭が押しつけられた。亀頭のやや硬い感触を乳首で味わわされる。乳房におチ×ポをくっつけるやり方なんて、エッチな行為の中にあるとは思ってもみなかった。

眼の前で見る山際の勃起はギンギンの状態で、見るからに凶暴で暴れはじめたら手がつけられない恐さを感じた。手で持った勃起ペニスを乳首から乳房全体へグイグイ押しつけ、縦横に擦りつけてくる。

「ああー、先生ぇ、そんなこと恥ずかしい……で、でもぉ……」

正直に言おうとして言えなかった。気持ちいいと言いたかったのだ。見下ろされて、今はまだ羞恥心から正直になれないでいる。心の中で深い羞恥が快感につながっていく。

やがて、ちゅるっと肉棒の先端から先走りの液が出てきた。そのヌルヌルが友莉の瑞々《みずみず》しい乳首にねっとりついておぞましくなる。

「い、いやぁぁ……おチ×ポの液ぃ……せ、精液じゃないわ。な、何？」

「むおぉ、カウパーだ。カウパー腺液。ぐふぅ、このあともっと感じてきて、ドビュッとぉ――」

「ああっ、それはしないでぇ」

どす黒い声で、液を発射する音を言われたが、友莉はもちろんそれが射精のことだとわかる。プールの更衣室で亀頭を幼膣に擦りつけられて、射精する寸前まで迫った。それを思い出して、今、乳房にねちゃっと粘液をつけられただけでも、結局エスカレートして精液を膣に入れられてしまうのではないかと怯《おび》えてしまう。

「おうぅ、もう一度だ」

山際がやはり下半身を狙って脚の間に陣取った。

(あぁ、やっぱりヤラれちゃうの?)

さっきはまだ無理なようなことを言っていた。でも、山際を見ていると、興奮して犯されてしまいそうだ。

山際は手で握ったペニスをゆっくりとだが、幼穴へと侵入させてきた。また友莉が可愛い顔を歪めて耐えるのを視姦しながら、正確に円を描くように膣口の中で動かしつづけた。

そのうちプルッと跳ねるように亀頭が膣口から外へ出た。山際はまたすぐに友莉の幼穴へ入れて、円を描いたり、上下に動かしたりした。

「あうぁぁ、いやぁっ、はうぁあああっ……」

友莉はまた快感が急に昂って、腰がガクガクと震えた。

だめぇっ、先生のおチ×ポを擦りつけられて、イッちゃう――更衣室でも同じように、オ、オマ×コに擦りつけられてイッちゃったわ。でも、もうそんなこと恥ずかしいっ。

羞恥と屈辱と快感が今、友莉の心と身体を支配していた。

(せ、精液を出す気なんだわ。前は射精しなかったから、今度こそはって！)

山際は亀頭を擦りつけて感じることで射精しようとしている。それを想像すると身震いした。

「だめぇっ、先生ぇ、あ、あの液を出すのは――」

精液とは言えなかったが、山際の顔を見て思いきって声をあげた。

「ぐふふふふ」

山際は低い声で邪悪そうに笑った。ニチッという粘液の音まで立てながら、友莉の膣をプリプリした亀頭で擦り上げてくる。

その卑猥でおぞましい亀頭擦りつけの儀式は、摩擦の速度を増してきた。愛液にまみれて、ズルッ、ニュルッと亀頭が滑り、友莉はより激しくクリトリスまで含めて刺激された。

「あぁうあぁぁっ……だめぇぇっ……あぅ、あはぁあうぅン！」

友莉の処女肉の性感帯は淫汁を滲ませて火照り、充血して昂ってきた。

「おあぁ、むおおおっ！」

山際が不気味に呻いた。

出される——と、思ったとたん、山際が立ち上がって、すばやく友莉の顔の横まで膝で這ってきた。

「えっ！」

友莉がおののいて山際の肉棒を見た刹那、そのブックリ膨らんだ亀頭の先端の尿道口から顔に白いものが飛んできた。

「いやぁあっ！」

友莉は鋭い悲鳴をあげた。

ドビュッ、ドビュルッ、ドビュビュッ……。

山際が鬼のような顔をして、肉棒を手でしごく姿が眼に入った。

熱い白濁液の塊が、友莉の顔めがけて次々に吐精された。

「うわぁぁあぁ……あうわぁぁぁ、だ、だめぇぇーっ！　やぁああああーん！」

友莉は涙声で叫び、嘆くような悲鳴になっていく。ぶるっと身震いして声をあげるが、開けた口の中にまで一塊飛んできた。

男の人が女の子の顔に、だ、出すなんてぇ。そんなことするなんて知らなかったわ――。

友莉は両手が震えながら顔のそばまで来ていたが、ショックで頬や鼻、唇についた精汁の液を拭うことができない。

悩乱して喘ぎ、精神的なショックから少女の柔らかい白肌の肢体を打ち震わせ、顔面シャワーの余韻を味わうような表情で大きな瞳をゆっくり瞬きさせた。

友莉は唇と舌で山際の体温を感じる粘液を味わった。プンと牡の匂いがして頭がクラクラした。

「美少女の顔面にいっぱい出したぁ……友莉ちゃん、顔をそむけたけど、素直に味わってくれたら嬉しいなぁ。今度出すときは、顔をそむけずにお口あーんと開けて、全部浴びて、ごっくん飲んでごらん」

「いやぁぁ、あぁ、か、顔になんてぇ！　い、いっぱいかかったわ」

山際は今度は飲んでと言っている。今、口に入った精液はわずかだが、口内で自然に広がって、ちょっと飲んでしまった。

膣には出されなかった。

でも、顔に射精されるなんて……。

まだ正常な意識には戻らないような状態で、見下ろす山際の顔をぼーっと見ている。

山際に、顔についた精液を少し拭われた。精汁の感触と匂いが気になって、自分でも手で拭った。

「友莉ちゃんも、イカせてあげる」

山際がまた股間に関心を向けて、友莉の脚の間に入ってきた。

「あっ、先生ぇ！」

山際の顔が股間に接近した。

「あぁあああっ……」

快感が肉芽に襲ってきた。チロチロと舌先でくすぐられる。

「そ、そこ、だめぇぇーっ！」

指で擦られた快感とはまた一味違う、舌による刺激で異常な快感に見舞われた。自分でオナニーするよりもはるかに快感が深い。プールの更衣室でもやられたが、感じすぎて思わず山際の頭を手で押してしまう。

「あはぁあああーうっ！」

腹筋に力が入って、下腹が激しく上下する。またぐっと背を反らせて、強い快感を味わい、泣きたいほど感じて悶えた。

山際の指が内腿の柔らかいところに食い込んで、股間をいやでも開いておこうとする。その感触も快感につながった。脚を閉じることは許されなかった。

「ああー、腰が勝手に動くぅ。こ、このままされたらぁ」

「されたら、何だ?」

膣穴がグチュッと強く収縮した。愛液が出たのがわかった。

クリちゃんを舐められてイカされる――。もっと快感が強くなって、イキまくるような気がした。

両手の十本の指で割れ目は嫌というほど左右に広げられている。恥裂をことさら開くやり方をされて、膣口もネロネロ舐められる。

舌による愛撫はクリトリスに集中されて、ついに快感が昂った。

「ああっ、イクッ……はぁあああっ、先生ぇ、イクゥッ! イ、イクイク、イクゥゥーッ! イグゥ、イクゥゥゥ――ッ!」

ビクン、ビクンと、華奢な骨組みの腰が打ち震えた。

お尻が一瞬タイルから上がって落ちた。また上がって落ちる。

「はぐぅ……イ、イク、イグゥゥ。だめぇぇ、終わらないぃ……」

もうイッたのに、山際はまだ執拗に責めてくる。舌に力を入れて尖らせる要領で肉芽を狙ってチロチロ舐めつづける。

「イクッ、いやぁぁ、またイクゥ！　イクッ、イクゥゥゥ――ッ！」

身体を大きくよじりながら、絶頂の喘ぎを声を口から奏でていく。

山際の口はオマ×コから離れたが、すぐに指で追い打ちをかけられて、敏感化したピンクの肉真珠はせわしなく擦られ転がされる。友莉は絶対逃れられないと観念して、最後の詰めを受け入れた。

「あひぃぃぃ……イ、イグゥゥッ、イクイクゥゥゥゥ――ッ！」

思いきってイクと言いつづける。大きな声をあげて、自分を曝《さら》け出していく。

膣奥でジュンと感じて熱いものが分泌し、幼穴から愛液が溢れた。

腰肉がピクピク引き攣ってしまう。下半身の強張る感じが続く。

やがて、その強張りもすっと抜けていった。

少し息が荒いが、高い天井をぼんやり見ていた。

「じゃあ、裏返しにするよ」

「えっ？」

山際が何を言ったのか、一瞬わからなかった。

山際に両手で身体を下から掬《すく》うように起こされて、ゆっくりだがぐるっとひっくり返された。友莉は俯《うつぶ》せにさせられた。

「あぁ、ま、まだするのぉ？」

裏返しなんて言い方をして、何をする気だろう……お尻のほうから、感じるところをイタズラされそうだ。

柔らかい尻たぶを手のひらでゆるゆる撫でられて、心ならずもうっとりさせられそうになる。お尻の感じる皮膚を、指十本でスリスリと縦横無尽に撫でられていく。感じてゾクッとしてしまう。

「あぅ、あぁあああっ……」

友莉はお尻表面の性官能を起こす敏感な皮膚が反応して、下半身の小刻みな痙攣を披露した。

「ちょっと撫でただけで、腰がそんなに動くのは大人の女と同じだよ」

言われて友莉は恥辱を感じるが、本当にそうなのか、大げさに言われているだけなのかはわからない。

背後にいる山際から恥裂もお尻の穴も見えているはず。そんな状態で何を言われても、もう否定できない気持ちに落ち込んでいる。敏感なお尻を指先で意地悪く撫で回されていく。

さらに尻溝に指を這わされた。邪な手がボディソープの濃い泡でヌルヌルッと滑り込んでくる。

「あひぃ、そ、そんなところ……いやぁ、やだぁぁ」

「恍惚とした顔になってる」

俯せだが、横に向けた顔を覗くように見られた。

「あぁ、い、いやぁ」

よくわからないことを言われたが、言い方がいやらしいので山際をちょっと嫌いになりそうだ。

恥裂の端から深い尻溝をヌルッと撫で上げられ、それを数往復繰り返された。

「やぁぁーん……そんなふうにされたらぁ……あ、あぁぁ、か、感じるぅ」

肛門とその前後を指でなぞられるだけで、性感帯に刺激がゾクゾクッと襲ってきた。

そんなに感じるとは思っていなかったが、泡でヌルヌル状態のところを撫でられると

そうなることを悟らされた。

「お尻の割れ目が泡で白くなって見えてる。けっこう綺麗だなあ」

そう言われても、見えていないからわからないが、山際が興味を持って見ていることはわかる。そこは何か恥裂とはまた違う、鳥肌の立つような快感があった。続けられたら、身悶えてしまいそうだ。

お尻の穴がもぞもぞして、くすぐったい妙な快感に見舞われた。

「あン、な、何するのぉ?」

「ぐふふ、ちょっと入れてみよう」

友莉は肛門に指先をヌッと入れられて、にわかに狼狽えた。後ろを振り返って身体を少しひねる。だが、肛門にわずかだが挿入された指先は抜けない。

「だめぇぇ……そこは、指とか入れるところじゃないわ」

それほど深くは入れられていないが、穴粘膜で感じる指の感触はおぞましく、さらに深く入れられる不安もあって、少し涙ぐんでしまう。幼膣と肉芽を玩弄されてイカされまくったあとなのに、尻溝と皺穴の性感は思いのほか鋭く、そこをいじり抜かれたらどうにかなってしまいそうな気がする。

「友莉ちゃんの肛門括約筋はどのくらい締まってくるのかな?」

太腿を摑んでいた左手が尻たぶを摑んできて、その親指が尻溝にかかってぐっと肛門を露出させる格好になった。そうしておいてヌプヌプと右手の指を出し入れしてきた。

「ンアッ……いや、いやぁぁぁぁーん！」

友莉は括約筋で反射的に山際の指をクイクイ締めつけた。

「うーむ、よく締めてくるよ。いい子だ、いい子だ……」

山際にお尻の穴の締まりを味わわれ、その感触を楽しまれている。敏感な小穴をイタズラしてイジメる感覚には、友莉も羞恥と屈辱を感じて「イヤッ」と鋭く声をあげ、お尻を振って逃れようとした。

山際の指の出し入れは、浅くだがヌプヌプと陰険な抽送の繰り返しになった。

「やーん！　もう、そこは許してぇ」

ほとんど涙声に近かった。幼膣やクリトリスのへの愛撫玩弄のときより、恥ずかしくてつらい快感に襲われている。拷問のような快感だった。

やがて友莉の肛門から指がヌポッと抜かれた。

抜けるとき、ピンク色の粘膜がはみ出した。

膣穴がゆっくり閉じて終わったが、友莉は「あふぅ」とけだるい溜め息をついて、背後の山際を恨めしそうな顔で振り返った。

山際は満足そうな顔をしていて、友莉は少し憎かったが、しばらく硬いタイルの床に腹這いのまま、膣のアクメと肛門の快感の余韻を味わっていた。

突き出したお尻に後ろからまた硬いものが接触した。

ちょん、ちょんと手ごたえを試すように尻たぶの真ん中に当たるので、友莉はそのたびごとに、お尻を引いては背後の山際をまた振り返って見た。

「ああっ」

ビンと勃《た》ったおチ×ポがまっすぐこっちを向いて狙っていた。

「うあぁぁ、だめぇっ、そんなところ、入れちゃだめぇ──っ！」

友莉のお尻は赤黒い勃起に対して無防備だった。亀頭の不気味な感触が肛門粘膜を侵食してくる。括約筋が反射で締まった。

肉棒の挿入を拒む締まりは、どうやら山際の亀頭快感を刺激しただけのようだった。

「むぐおっ」

感じたような声を漏らして、挿入する力を込めてきた。

山際の腹がお尻の上に乗ってくるのと同時に、亀頭がヌブッと肛門内に嵌り込んだ。

「うンぎゃあっ……」

不気味な挿入感でクイクイと二回お尻の穴で肉棒を締めてしまった。括約筋で亀頭の大きさと弾力を味わった。

「さっき出したばかりから、ちょっと半立ちだけど、先っぽは膨らんでるよ」

山際はそう言うが、確かにブックリ充血した亀頭は元の膨らみに戻っていた。最初に膣口に入ってきたときとあまり変わらないくらい硬く張っている。ゴツゴツ感はないが、丸くて大きいのでお尻の穴が屈辱的な拡張感に襲われた。

「大丈夫、これ以上入れないよ。オマ×コにもそうだったろう。ズボッとまともに入れたら、痛くて泣いちゃうよね。まだしないよ。やるのはもっとあとになってから、そのうちね……」

まるで優しさを表そうとするかのように、甘ったるい気持ちの悪い声で囁かれた。ただ、亀頭はまだ後ろの皺穴に嵌めこまれたままの状態を保たれている。

山際の手が脇を滑って、友莉の胸に回されてきた。

「あ、あぁ……いやっ……」

両手を左右の乳房の下に忍ばせてきて、泡にまみれた乳首の尖りを手で撫でられた。ツンと尖った乳首を指先で掻くようにして愛撫されていく。

友莉は乳首快感が最近強くなってきている感じがしていたが、乳首がキリキリと尖るように立ってきた。快感が研ぎ澄まされてくる。

（あぁ、上からのしかかられて、ぜんぜん動けないぃ……）

そんな状態だと無抵抗感が強く、観念させられる気持ちになって、よけい快感が昂ってしまう。乳首の快感が徐々に肛門の痛みに混ざってきた。友莉はそれが悲しいほど切なかった。感じさせられて愛液まで出そうになっている。

上から山際の重い体重がかかっているため、タイルに恥丘とその下の感じる部分が押しつけられるかたちになって、ジンと感じはじめていた。

同時に左右の乳首は指先でくすぐられ、キュンと鋭く感じて痼り立ってきた。

やがて、友莉の胸から山際の手が離れた。両手を友莉の身体の左右について身体を支えるところが見えた。

（やぁン、おチ×ポで来るぅ）

友莉が恐れたとおりだった。山際は友莉の肛門の力を味わおうとするかのように、亀頭のみ入れた状態で肉棒を細かく前後動させてきた。

「あはぁうン……お、お尻は、だめぇぇーっ！」

異様な快感がお尻の穴から伝わってくる。

肛門括約筋は締まらないように力を抜こうとするが、粘膜は速度を上げて前後させてくる亀頭の摩擦に反応しつづける。まもなく亀頭から少し肉茎のほうまで嵌り込んできた。だが、恐れていた痛みよりも気がめげていくような快美感に襲われはじめた。

「先生ぇ、お尻の穴も……か、感じるから、しないでぇ」

恥ずかしくても、快感があることが口を衝いて出た。自分でもう愛液が出ていることがわかる。しかもその量が多いことがわかっていた。お尻の穴で感じて愛液が溢れたことを山際に気づかれたくなかった。

山際の手がすっと股間に入ってきた。指先で肉芽を玩弄してくる。一度こねくり回され、舐めなめされてイカされたが、また包皮の上から揉まれていく。三角帽子の皮が剝けて、敏感そのものの肉真珠が露出した。

まだヌルヌルと石鹸の泡がついた状態で、すばやく指で摩擦されていく。快感が急上昇した。

「そこ、だめぇぇーっ！　あぁ、あぁああああっ！」

再び鋭い快感が肉芽を襲い、その刺激によって肛門がキュッ、キュッと強い収縮運動を起こした。

「くはぁあうぅぅぅっ！」

括約筋が山際の張りきった亀頭海綿体を思いきり食い締めて、揉み込むかたちになってしまった。そんな恥辱に満ちた肛門の締まり方は想像もしていなかった。山際の目論見どおりになっていると友莉は思った。

お尻の穴に亀頭が嵌っている不気味な異物感のせいで、友莉の少女の性感帯は卑猥に昂っていく。恥辱の中で肉芽の鋭い快感が深くおぞましく感じられた。

（ま、また、イクゥ！）

肛門の拡張感と肉芽の快感によってイカされる。それは膣穴へのおチ×ポの摩擦による快感と肉芽への舌による刺激でイカされたときと比べても、ずっと羞恥と快感が強く、気持ちのうえで犯される感覚が深かった。

「だ、だ、だめぇぇぇーっ……イクゥ、またイクゥゥッ！　先生ぇ、もうしたら、だめぇぇ。イクッ、あぁぁ、イクゥゥゥ――ッ！」

友莉はオルガズムで上体が起きて、背中も弓なりにのけ反りながら、再びイクという言葉を連発した。もはや言わないように我慢したりはしなかった。

顔が上がって、背筋が強張っている。

「ひぐぅぅぅーっ、あンうっ……イ、イク、イグゥウッ！」

ジュルッと音が聞こえそうなほど、膣口から愛液が分泌した。ネットリと穴内部の襞を潤して、大陰唇の外まで垂れ漏れてきた。

やはりクリトリスへの愛撫は、少女でも身悶えて身体が突っ張るほどの絶頂となった。

亀頭がヌポッと、尻穴から抜けた。

「あうぅン」

身体の力が抜けて、頬をタイルの床につけた。

全身に快感が満ち溢れ、乳房が張って乳首も硬く尖っている。

「これで終わったのぉ？　先生、これ以上は無理ぃ。もう許してぇ」

友莉は少し顔を起こして、背後の山際を振り返った。

膝で立った山際に、無言で見下ろされている。

身体をようやく表に返され、仰向けにさせられた。ちょっと楽になる。だが、両足首を摑まれた。

「アアアッ」

またもや思いきり、ほとんど百八十度近くまで開脚させられた。

両手の親指と人差し指で、恥裂とお尻の穴を同時にクワッと左右に広げられた。

「やぁあン！　もう開くのやだぁぁ……見ないでぇ！」

友莉は山際の最後に辱めて終わろうとするいやらしい意図を感じた。

「むふふ、友莉ちゃんそのものを表すエッチなお肉、少女の卑猥な軟体動物が蠢《うごめ》いてるよ。これからも、先生はこの軟体動物とともに歩んでいこうかな。ぐふ、ふふふ……」

パックリと開かれた友莉の秘部に、山際の顔が迫ってきた。

「ああっ、も、もうやめてぇ！」

幼膣と幼芽は、再び山際の舌による愛撫を受けはじめた。

第五章　羞恥まみれの幼尻奉仕

修学旅行が終わって、ちょうど一カ月が経っていた。もう十月に入っている。

今日は一時限目の授業開始前から、教室の中がいつもより騒がしかった。

「山際のおっさん、クビになったってさ——」

「クビ？　何、それ」

「クビじゃなくて、配置換え。何かやって、ほかの学校に行かされたんだ」

男子の声が、教室の中で飛び交っている。

友莉はいったい何を言っているのかわからず、啞然として口々に山際のことで騒ぐ男子生徒の話を聞いていた。

「オレ、知ってる。女子のお尻に触ったって、ママが言ってた」

「何だ、そりゃあ！」

その話を聞いて、友莉は一瞬ドキリとさせられた。自分がされる前に、ほかの女子にもイタズラしていた。それにはまったく気づかなかった。

しばらく教室の中は山際の話題で持ちきりだった。やがて校長が若い女性教師をともなって教室に入ってきた。みんな静かになってその教師に注目した。

「山際先生は、ほかの学校に行かれました。今日から、ここにいる松永《まつなが》先生がクラスの担任になります」

生徒はしんと静まってその教師を見ながら、校長の話すことを聞いていた。山際が突然他校に配置換えになったことを告げられて、男子の言うことに半信半疑だった友莉も現実のこととして受け止めた。

「松永芙美恵《ふみえ》と言います。教師一年生です。みなさんは、急なことで戸惑っていると思いますが……」

女性教師が挨拶をしている。突然見たこともない学生のような顔をした若い女性が新しい担任になった。友莉もだが、男子も女子もみんな面食らったような顔をしていた。

友莉は四、五日前のことを思い出す。山際から電話があったのだ。友莉は旅館の大浴場でのことでさすがにショックを受けて、以前のように山際に身体を触らせたり、二人きりになったりしなくなっていた。

久しぶりに電話で話すので緊張した友莉は、日曜に家に来いと言われたが、かなり抵抗があって曖昧に応えていた。にべもなく断ってはいけない。そうは思ったが、気持ちは揺れていた。メールも届いて、添付ファイルで地図まで入っていた。

エッチな関係に長いブランクがあって、先生も焦ってる。そんな印象を受けた。

（お家に行ったら、恥ずかしいイタズラをされる。犯されちゃう――）

その恐れは如実に感じていた。指一本痛くて入らないのに、硬くなったおチ×ポを無理やりアソコに入れられてしまう。やめてと訴えても、男の人は興奮したら止まらないと思った。

ただ、電話とメールをきっかけに関係が回復してきそうな気もした。それは恐くもあるが、ほっとする面もあった。友莉はすでに山際から離れられなくなっていた。いざそのときが来たら、挿入は拒めない。それはわかっている。友莉は山際に従う気持ちに傾いていた。

そんなとき、突然、山際が友莉の前から消えてしまった。

ぎくしゃくした中で、新しい担任教師による一時限目の授業が終わると、五分間の休みの間に教室はまた騒がしくなった。

「たっくんの母ちゃん、PTAの副会長だろ。それで知ってるのか？　女子のお尻に触ったって」

「うん、ママは校長からちゃんと聞いたって。去年のクラスで女子が何人もやられてたってさ」

「じゃあ、このクラスの女子もやられてたんじゃない？」

男子が立ち上がって、口々に言っている。

「やーん、誰か触られてたのぉ？」

女子の一人が周りを見ながら声をあげた。

どうも一年前のことが今になって問題にされたらしいが、友莉はもしかして山際と自分の関係がばれてはいないかと不安になってきた。

女子が一人つかつかと友莉のそばに来た。

「友莉ちゃん、先生に何かされてたんじゃない？」

その子にじっと顔色を窺うように見られた。

「そんなことないわ」

友莉は表情を変えずに即座に否定した。だが、疑いの眼差しで見られている。これまでばれそうになったことはないから、大丈夫だとは思ったが、勘の鋭い女子には気をつけなくてはいけないと思った。

過去にほかの女子生徒にもイタズラしていたなんて……。

四十過ぎた独身の教師が以前から女子生徒にセクハラしていて、今年になってわたしに矛先を向けてきた。担任するクラスの女子を次々に性欲のはけ口にしていたのだ。

そう思うとショックだった。

だが、それより自分の前から急に山際の姿が消えたことのほうが、衝撃が大きかった。

（あぁ、先生とはこれで終わったんだ……）

友莉はしばらく気が抜けたようになった。山際がいなくなって気持ちも沈みがちになる。だが、しばらく日が経って落ち着いてくると、これまでの羞恥と快感、いやらしい興奮は冷めるどころか、反対に昂ってきた。

昼間でも長袖のブラウスの上にベストや薄手のセーターなど着る季節になった。これから秋も深まってくる。もの憂い季節になってきた。

今日の授業がすべて終わると、友莉はいつも途中までいっしょに帰る友だちより先にランドセルを背負って、さっさと校門から外へ出た。

バス停までしばらく、とぼとぼと歩いた。

（こんなかたちで中途半端なままじゃ、いやっ――）

友莉は思い立つように、それまでの迷いを吹っきるように前を向き、ちょっと空を見上げた。

帰宅した友莉は、学校の授業が終わって教師も帰る時間帯を見計らって、山際に電話をかけた。

「友莉ちゃん、電話かけてきてくれたんだね。ありがとう」

山際の声が聞こえてきた。友莉は緊張したが、口調はそれほど変わっていなくて安心した。憔悴《しょうすい》しているところなど絶対に見たくなかった。

友莉はどうでもいい近況など話す気にもなれなくて、ちょっと挨拶だけして山際が話すのを待った。

「今、家にいるよ。できたら、来てみない？」

山際は軽くそう言ってきた。家にいたのは友莉にとっても都合がよかった。早く会いたかったし、何より自宅に行きたいと思っていたからだ。

「これから、先生のお家に行きます――」

友莉ははっきりとした口調で応えた。

「おいで。地図までメールで送ってたよね。待ってるよ、涎垂らして……」

「いやん、普通に待っててぇ」

友莉は配置換えのこと、そのいきさつなどいっさい触れるつもりはなかった。

「わたし、今、一番お気に入りのブラジャーとショーツを穿いてるの……」

ドキドキしながら、言おうと思っていた言葉を口にした。

友莉の言葉に、山際の声は一瞬途絶えたが、

「勝負パンツだね。脱がす前によーく見てあげるから、すぐ先生の家に来なさい」

すぐにそう返してきた。友莉は勝負パンツの意味を知っていた。セックスされてもいいという気持ちが伝わるように話したつもりだが、そのとおりに山際に伝わった。

友莉はリップ、チーク、アイラインを薄く塗ってメイクをした。自分ながらちょっと綺麗に、セクシーになったと思った。山際に促されるまま、親に見つからないようにこっそり玄関から出ると、虚《うつ》ろな眼をしてバスに乗った。

これから、山際との関係において一線を越えにいく。すでに全裸にされ、少女のあらゆる性感帯を愛撫玩弄されて、何度も絶頂感を味わわされている。今日こそは間違いなく男のものを挿入される。

恐い。かなり痛いはず。でも、それでいい。泣いてもいい。

な、中に射精されちゃうの？　妊娠しちゃう……。

お腹の中への射精は許してもらおう。友莉はそう心に決めた。

山際の家は市の外れにあった。わかりにくい場所だったが、前に添付ファイルで送られてきた地図がスマホの中にあった。ただ友莉はもう場所は頭の中に入っていて、バスを降りると、迷わずに山際の家まで徒歩で行くことができた。

かなり古いように見える木造の一軒家で、友莉は玄関の前に立つと胸が高鳴った。

ドアチャイムを鳴らすと、山際が玄関に出てきた。

「おぉ、本当に来てくれたんだね。可愛い……いや、ただ可愛いだけじゃなくて、可憐な美少女になってるよ」

開口一番そう言われた。友莉ははにかむが、手ぐすね引いて待っていたのだろう、ギラつくような眼で、穿いてきた超ミニを見ている。

「化粧してるの？」

「えっ、ええ」

メイクに気づかれたが、にんまり笑って顔を見られただけで、特に何も言われなかった。友莉は自分がどうなるかわかっていながら、山際のもとに来てしまった。恥ずかしい目に遭わせるような卑猥な言葉を言われて、乳首など性感帯をいじり抜かれる。愛液をいっぱい漏らしたあと、必ず犯される。

中に入ると、居間の長椅子のソファに座らされた。

部屋の中をぐるりと見回す。背の低いガラス棚が一つあるだけの六畳くらいの広さの部屋で、隅に掃除機や何か入ったビニールの袋があった。そこからキッチンも見えていて、大きなテーブルの上にものがたくさん置いてあった。

「ははは、部屋汚いだろ？　独身だからね」

山際が言うので、ニコリと笑って首を振った。

「お茶、出してるから……」

山際が紅茶をミルク入りでお皿もちゃんとつけて、テーブルにコトンと置いた。

「クッキーもどう？」

「いえ」

山際がお菓子の箱を手に持って友莉の顔を見たので、まだ緊張していた友莉は上目で彼をちらっと見て、顔の前で手を振った。

山際はテーブルを挟んだ正面の一人がけの椅子に座った。

「友莉ちゃんがどんどん綺麗になってくるのは、むふふ、先生がいやらしく触って感じさせてやったからだと思うよ」

お茶だけ出して座った山際に、顔をじっと見られた。

友莉はちょっと眼を白黒させたが、内心当たっていると思った。これまでのことを思い出して顔が赤くなってしまう。

「卒業したら、もう少し髪を伸ばして先のほうをカールさせるわ。ボア付きのミニスカートを穿きたい？」

赤面したのを誤魔化して、ちょっと思いつきで、変なことを言ってしまった。

「ははは、おでこを出してみてもいいかもね。ちょっと大人っぽくなって美少女度が上がるんじゃない？」

大人と言われると嬉しいが、でも、やっぱり……と思ってしまう。今はまだ大人でも何でもない。アソコに男の人の大きいものを入れられることを考えると臆病になってしまう。自分の指も完全には入れたことがない。オナニーしたとき、人差し指だと先のほうしか入らなかった。

旅館の風呂で挿入されかけた肉棒は太くて硬く、先っぽの亀頭だってゴツゴツ感はないものの、数センチ挿入されただけで痛みが激しかった。

先生のは、やっぱり入らない——。

山際を前にすると、口を衝いてその不安の言葉が出てしまいそうになった。

大人はわたしなんかが考えつかないことをやろうとするわ……。

友莉は何をされるかわからない恐さは感じていた。でも、ずっといじられ感じさせられてきて、どうしても期待してしまう。今、悶えるような悩ましい心理状態になっている。

「友莉ちゃん、先生が別の学校に行かされたことを訊かないね？」

「えっ……」

友莉はちょっと口ごもった。

「ええ……でも、それ、どうでもいい」

友莉が言うと、山際は眉をひょいと上げて、少し表情を変えただけだった。

「去年、友莉ちゃんみたいに可愛くないけれど、まあ、中途半端に可愛い子に、ふふふ、こういうふうに」

そう言って、手でお尻を撫で上げる真似をした。

「やーん、エッチ。でも、お尻撫でるだけだったの？」

山際が言うので、訊いてみた。

「オッパイもちょっとね。でも、それくらいしかできなかった。友莉ちゃんみたいに素直じゃなかったから」

山際は椅子から立って友莉の横に座ると、お尻に手を伸ばしてきた。

「先生はイタズラがばれて飛ばされたけど、ちっとも恥ずかしいなんて思ってないよ。それ、わかるだろ？」

「は、はい……でも、素直にしてると……ああっ、いろいろ感じること、ちょっと痛いことされて……」

「むふふ、痛いことはごめんね。でも、おチ×ポが勃起すると止まらない」

「やーん、いきなりおチ×ポ、勃起なんて言うの……」

そばに来た山際と話しているが、椅子の座面でややつぶれている柔らかい尻たぶを、落ち着いて触り心地を味わうようにゆっくり撫でられた。

「ほかの教師というか、それだけじゃなくて普通の人を見て、ぜんぜん人生楽しめてない。みんなおっちょこちょいに見えるから、まあ、今回かなり嫌な目に遭ったけれど、すぐ気分は回復したし、もう平気なんだ」

「それよくわかります。先生のこと、わかるようになってます」

「ははは、それはどうもありがとう」

山際はお尻の次は、友莉の小ぶりの乳房をやわやわと揉みはじめた。

「身体、大きくなってきてるね。身長は確か百四十九センチだったかな。細くても女の身体になってきてる。ただの子供じゃないね。立ってごらん」

言われてソファから立つと、上から下まで身体に視線を這わされ、後ろに回られた。

「丸っこいエッチなお尻は健在かな？」

「あぁ、エッチなお尻ってぇ？」

後ろを振り返る。

「こういうふうに、盛り上がってボンと出てるロリータのお尻……」

「ああっ」

尻たぶを鷲掴みにされた。友莉はお尻を掴まれた快感で身体がビクッと反応するが、それよりロリータという言葉が気になった。

「ロリータっていう言い方は、いやぁぁ……」

思わず甘ったるい声になってしまって、山際に笑われるような気がした。少女を性的に見る名前で、山際独特の思いがこもっている気がする。口では嫌と言ったが、愛のないいやらしさだけ感じる言葉に聞こえて、ちょっとマゾっぽく興奮させられそうになる。

「先生、女の子に痴漢したことあるでしょう？」

前から聞いてみたいと思っていたことに触れた。大きなスーパーで痴漢されたことで、痴漢のことは常に頭の中にあったが、これまで山際にもやたらとお尻に触られていたので訊いてみた。

「あるよ。今やってる」

「ヤン、それじゃなくて、外でやる痴漢のこと……」

「むふふ、十人くらいの少女にやったよ。可愛い子のお尻は先生のものになる」

山際は友莉のお尻を撫でながら、平気な顔をして言う。思っていたとおりだった。

ただ配置換えの件もだが、山際は正直に言うので、そんなに悪い気はしなかった。

「友莉ちゃん、今しかないロリータの魅力を画像に残しておこうね」

「えっ……」

山際は部屋の隅のガラス棚から少し高級そうなデジカメを出してきた。頑丈な三脚に取りつける様子を見て、友莉は悩ましくなる。三脚で固定して、動画で撮るらしい。大きなモニターを上に出されて、友莉の姿が映った。自撮りしやすいようになっている。

三脚につけたカメラが傾いたのをもう一度直して、ネジになっている取っ手を回してしっかり固定した。

「ミラーレスの一眼で動画もよく撮れるカメラだから、今日は友莉ちゃんのいろんなところを、じっくりたっぷり撮っちゃうぞ」

「やだぁぁ……」

そんな言い方をされて撮られるのは羞恥心をくすぐられる。

自分の姿を画像に残されるのは少し恐かった。山際はカメラのシャッターを押したようだった。

山際に横に立たれた。モニターを見て映っていることを確かめた山際に、スカートの上からだが、丸っこい尻たぶを弄ぶように摑んだり撫でたりされた。

「教師が女子生徒に絶対しちゃいけないことをする。それが興奮なんだ」

「前にもそういうふうに言ったわ。いやらしいこと言いながら触るのはやめてぇ」

スカートの中に手が入れられてお尻をまさぐられ、尻溝の割れ目に指を深く入れられた。

「嫌かな。本当は好きなんじゃない？　君たち女子×学生は、けっこう猥談が好きだろ。最近どんどんひどくなってる」

「やぁン、わたし、しないわ。友だちの話、エッチで汚い」

「猥談、嫌い？」

「先生ならいいけど、友だちは嫌。馬鹿にしてる感じで、下品だし」

まだお尻の割れ目を手で探られ、その溝を上下になぞられている。徐々に感じてきた。

「動画で撮りながらいじくり回して、写真も撮るよ。静止画ね」

「恐いわ。画像はだめぇ。ばれちゃう」

「大丈夫、絶対公開なんかしない。厳重に管理するから。少女の裸なんか出しちゃったら逮捕されちゃうんだよ」

「裸ぁ？　裸にして撮られるのぉ？」

友莉はデジカメで裸を撮られながら猥褻なことをされると思うと、新たな快感につながっていくような胸騒ぎを覚えた。

「問題教師によるイタズラ被害の少女の記念写真を撮ろう」

「またそういう言い方するぅ」

山際は別の小さなデジカメを棚の引出しから出してきた。腰を屈めて友莉の顔に自分の顔を寄せて、脇に手を回した。乳房を指でつまむように握って、自分と友莉のツーショットを撮った。

「うあぁ、エッチィ！」

山際の卑猥なやり方に、かん高い震える声をあげてしまう。

「写真のほうはまたあとでバチバチ撮るよ。真っ裸にしてからね」

「あぅ……」

山際はひとまず小さなコンパクトデジカメを棚の上に置いた。

(始まったわ……いろいろされちゃう。お尻やアソコを、いじるところを撮る気なんだ)

わかってはいても、いざこれからエロなことをされると思うと、少し怖気づいてしまいそうになる。これまでも幼い身体をさまざまにいじられ、イタズラされてきた友莉だが、今日は最後の仕上げをされてしまいそうで緊張の度合いが違う。

「友莉ちゃん、真っ裸になってみようね」

「いやぁ……裸は、い、いやぁぁ……」

その言葉で、さらに怖気づく。羞恥と屈辱感が全身に襲ってくる。

「でも、その前に……むふっ、少女のいかがわしいビデオ見てみない？　友莉ちゃんと同じ年、同じ学年の子が出てるよ。やらしく撮られてるんだ」

「やーん、またスケベなこと考えてる」

急に言われて、友莉は別に少女のビデオなんか見たくないと言いたかった。エッチなものだろうが、興味はなかった。山際は恥ずかしくさせて、そういう雰囲気をつくろうとしているのだろう。特に同じ年の少女の恥ずかしいビデオなんて、そういうものが世の中に出回っていることは知っていたが、もちろん見たいとは思わなかった。

「ジュニアアイドルで、美人じゃないけれどすごくエロなんだ。ピン立ちになる」

山際がパソコンを起動させて、インターネットの閲覧履歴から目的の動画サイトにアクセスした。始まった映像にすぐ題名と少女の年齢が出て、友莉と同じだった。顔にまだあどけなさを残す少女である。

そのジュニアアイドルという少女は確かに美少女とは言えないが、身体つきはスラリとしてプロポーションはいい。山際が動画の再生を先へ進めると、濡れたスクール水着が張りついた恥丘から下が大きく映し出された。

「割れ目がよーく見えてる。むふふ、友莉ちゃんも同じだったね。少女の魅力だ」

また先へ進めると、脚を大きく開いてみせるシーンになった。

「あぁ、わたしと同じ年なのぉ？　こんな格好して……みんな見ちゃうのに」

「ぐふふ、親が稼いでるよ」

友莉の脚の間に手がすっと入ってきた。

「あン、しないでっ」

「友莉ちゃんもビデオに出演したら大金が入るよ」

「たくさんの人に見られて……できるわけないわ！」

「ふっふっふ、友莉ちゃんは先生にだけ見せてくれるんだね」

「あぁ、は、はい」

「先生にだけ見せて、触らせて、むふふ、先生にだけハメハメさせる」

「ああっ」

腿をキュッと締めて閉じているが、太腿のつけ根に近いところに指を食い込まされた。

「騙されて撮られてる感じもする子だよ。被害者少女はエロがあっていいねえ」

「うあぁ、被害者少女って……わ、わたしもなのぉ？」

「そうかもしれないなあ。でも、友莉ちゃんは美少女で、しかも大人のチ×ポをビンビンに勃起させる濃いエロがある女の子だよ。だから自信もってね」

「あぅ、何の自信なのぉ？　やらしいだけだわ」

男の都合のいいように言われながら、股間を指で探られ、もう片方の手で乳房にイタズラされていく。

友莉は映像の中の少女と比較されながら身体にイタズラされているようで、恥辱を感じた。ジュニアアイドルの動画の影響で、山際に自分も撮られているのではないかと想像してしまう。

もぞもぞと手がお股に入り込んで、割れ目を指で掻き出すようにしてきた。

「あーう」

友莉はジュニアアイドルの動画のことで、いやらしい言葉の刺激が加わり、同時に恥裂を愛撫されて、小さな身体がぐらっと揺れるように反応した。

髪を撫でられ、乳房を下からヒョイヒョイと、指で掬うようにして玩弄された。

「自分から犯されにきたんだから、被害者少女ではないよ」

「お、犯されるのぉ？」

犯されるといっても、もう納得してここへ来て完全に受け入れて愛撫されている。夏の更衣室で起こった事件のときからほとんど犯されたも同然で、そのときだって友莉は興奮して生理の穴は愛液でヌルヌル状態だった。そして山際の「犯される」という言葉が心にも生理の穴にも突き刺さってきた。そもそも友莉はこの半年を越える間に、その身に起こった性的な事件を振り返って幸福感に浸っている。

「少女の性欲、快感のことがわからないロリータのゾクッとするエロな魅力に反応しない偏った性欲の持ち主が多いのかな……」

乳房を摑まれた。柔らかい脂肪の房が平たくつぶれて変形した。

「い、痛ぁぁ……握るのぉ？　な、撫でるだけにしてぇ」

「年齢で分けて十八歳以上でないと変態という間抜けな分け方を思い込まされてる。本能的に興奮できることが常識より大切なのに、それがわからない。大半のやつが他人に振り回されて大損している」

乳首をつまみ上げられて、ちょっとねじられた。

(先生の言ってること異常だけど、それわたしを喜ばせるため、興奮させるための話なのね。それに、当たってるところもあると思うし……)

乳首をつままれ、乳房を揉まれて、快感を味わわされた。

「ほら、騙された少女が四つん這いで大股開きだ。むふふ、オマ×コの形がはっきり出てる」

「あぁうぁぁぁ」

エロい話を聞かされ、快感を我慢していたら、その快感が徐々に高まってきた。山際はそんな友莉の悩ましさを細めた眼で見ている。

「一生残る恥ずかしい映像だ。ふふふ、あとで悩むと思うな。少女の割れ目食い込みがばっちり。四つん這いでお尻が上がっちゃって、お股もおっぴろげ。まだ友莉ちゃんと同じ×学生だよ」

「ああっ、そんな、わたしに言ってるみたいに聞こえるわ」

山際は少女たちの恥ずかしいビデオを卑猥な言葉で表現した。楽しそうに言うので、今動画に撮られている自分も公開されて辱められるのではと不安になる。

山際がしゃがんで、友莉の脚に手を伸ばしてきた。

「脚を見てゾクッとさせられる女の子は、学校中探しても、そうはいないよ」

友莉は脛からすーっと膝まで撫で上げられて、急に襲ってきた快感で鳥肌が立った。手はさらに太腿を這い上がってくる。穿いている超ミニの中まで侵入してきた。

「あ、あぁあああン」

スカートのすそが手の甲に引っ掛かって少し捲れ、奥の暗いところに手が入った。いかにも触り心地を堪能《たんのう》して味わおうとするように、すべすべした内腿を撫でられた。

スカートをさっと捲られて、ターコイズブルーのレースのビキニショーツを丸見えにさせられた。立って見下ろしている山際は、パンティがよく見えないのだろう、またその場でしゃがんで、両手ですそを持って完全に捲り上げた。

「セクシーな大人のパンツだね。レースのビキニなんて、×学生が穿いちゃいけないパンティだ。割れ目ちゃんが透けて見えてる」

山際はじっくり見ようというのか、一歩下がってちょうど真正面に位置する高さからスカートを捲って眺めている。ショーツにスジがくっきりと恥丘まで伸びていた。

友莉はここへ来るのに、山際はぶかぶかしたパンツを嫌うだろうと思って、勝負パンツのレースのビキニを穿いてきた。レースで透けているうえにすそには細かなフリルがびっしりついている。

山際に今度は横に立たれた。

「ほーら、友莉ちゃんの勝負パンツ……こうやって、カメラで撮られるためにエッチなの穿いてきたんだ」

またミニスカートを大きく捲り上げられた。

「撮られるためなんて、考えてない。見られるのはわかってたけど」

「ははは、見られるだけなんてありえない」

「ああっ」

指一本が割れ目の下に差し込まれた。

腰が引けるが、そのときにはもう、指が上へ曲げられて割れ目の端に食い込み、前へと掻き出されていた。

「あぁーう、やっぱりそういうふうにぃ」

「むふふ、友莉ちゃんが期待してたとおりにしてるよ」

友莉は指でひと掻きされただけで、快感でちょっと爪先立ってしまった。山際の指がまたまっすぐ伸ばされてピタッと恥裂全体を覆うと、その接触感で「あはぁ」と溜め息をついた。

カメラで撮られながら、クロッチの部分に触られた。そこには敏感な恥裂が息づいている。再び指先が幼膣に深く食い込まされた。

「このレースのショーツ、クロッチのところが塞がってなくて、股布なしの全体が変わらない同じレースの生地になってるじゃないか。オマ×コも透けて見えるよ」

ジュニアショーツだが、言われたとおり子供ものとは思えないようなセクシーショーツで、デパートの下着売場で長い時間探して見つけた一番エッチなパンティだった。

「下のほう、ほらほらこうやって、ぐりぐりっとやるとぉ」

「やぁぁぁーん、そ、そこぉ、だめぇぇっ」

膣穴にレースショーツの生地が指で押されて入ってくる。ざらざら感が膣口に刺激を与えて腰がピクピク動き出した。

「あひぃぃ……」

「ほーら、愛液が滲んできたぞぉ」

友莉は口を真一文字に結んで首を振った。愛液が多量に漏れてしまいそうな悪寒に似た反応が身体に起こってただ狼狽えている。

「こっちに来て……ここに頭乗せて寝るんだ」

山際に導かれて、長椅子のソファの肘かけに頭を横にして乗せて横たわった。

「あぁ、先生ぇ……」

友莉はソファに横臥してまっすぐ脚を伸ばしていたが、上になった脚を胸のほうへ曲げた。山際から股間が見えているし、動画にも撮られている。さらに山際に命じられて、両脚とも胸のほうへ深く曲げていくと、お股が山際のほうを向いて、お尻の丸い形もよく見えるようになった。手を伸ばせば、すぐ恥裂にもお尻の穴にも届いてしまう。

（いやぁ、お股が見えちゃってるぅ）

その格好のまま小さいコンデジで写真を何枚も撮られた。

「大陰唇の形が出てるよ」

「やぁン、だ、大……それ、言うのいやっ」

大陰唇という名称は知っている。言われたとおりその膨らみの形まで想像つく友莉は、羞恥をちょっと誤魔化して笑顔を見せた。

友莉のいる場所が変わったので、山際は三脚につけたカメラを移動させてきた。

「ちょっと撮れた動画を見てみよう」

友莉は動画で撮られた姿を見せられた。透けたレースショーツの上から股間に指を食い込まされ、腰をピクつかせている映像だった。

「いやぁぁ、見たくないっ。もう、撮らないでぇ」

友莉は眼をつぶって首を振りたくった。ジュニアアイドルの恥ずかしい動画を見せられたあとだけに、それとイメージがダブって自分の画像も恥辱に満ちたものに見えてしまった。

ソファに横になっている友莉は、すでに勝負パンツのつもりで穿いてきたターコイズブルーのビキニショーツが見えている。レースで透けているだけでなく、細かなすそフリルがエロチックだ。

後ろの山際が覗いてくるのを不安そうに振り返って見ていると、そのフリルがついたすそを指でゆっくりなぞられた。

「いやぁン、そんなことぉ」

ソファの肘かけを枕にして横臥していたが、どこか恨めしいような羞恥表情を見せて身体を起こし、お尻を上げて、四つん這いのポーズを取った。

股間にピタリと密着したレースショーツは、クロッチの境目の横のラインがあるだけで股布が入っていない。そのため無毛の大陰唇ばかりか小陰唇までレースから透けて見えている。それは友莉もよくわかっていた。

「よーく見えてる……こんなエロな少女は友莉ちゃんしかいない。日本一だよ」

「あぅ、先生ぇ……わたし、恥ずかしい……でも、これで、い、いいのね……」

羞恥心はなくなっていない。なのにその羞恥を受け入れて、自ら見せるためセクシーなショーツを穿いてきた。見せるため、さらに脱がされるために。

まだ少女なのに、いやらしく悪辣に勃起する教師の魔力で子宮をギュッと鷲摑みにされてしまった。

「むふふふ、じっくりたっぷりいじって、舐めて、指入れて、そして――」

「あぁ、そ、そして……何ぃ？」

「そして……ズボッとだ！」

「ああっ」

それを恐れもし、期待もしていた。大人の勃起ペニス――そんなもの、わたしの齢で、入れられるなんてありえない。考えてみるだけで恥ずかしい。

「な、何が……ズ、ズボッとなのぉ？」

「ほーら、友莉ちゃん、×学生なのにそういうふうに訊く……」

山際が黒縁眼鏡のレンズの奥で、好色な細い眼を輝かせた。

友莉の背後に魔王が立った。友莉は柔らかい二の腕を摑まれて、ソファの上でもう一度しっかりと四つん這いのポーズを取らされた。

かなり短いスカートなので、バックポーズになると恥ずかしくなるが、お尻の丸く出っ張ったところはスカートで隠れている。丸みが十分見えなくても、ショーツが覗けているのは間違いなかった。

友莉は山際がどういうふうに撮りたいかわかった。左右の脚の間に見えるショーツのクロッチを撮りたいのだろう。気になってカメラを振り返ってしまうが、後ろからピッ、ピッと、コンデジのシャッター音が二回して、二枚撮られたことがわかった。顔は映らずに腰から下は撮られたようだった。デジタル一眼レフのカメラは、友莉の真横よりちょっと後ろに据えられて、斜め上から動画で撮っている。

山際はウエストのゴムをつまんで引っ張り上げて、ショーツがピタッとお尻と股間に密着するようにした。そして一眼のカメラのほうをちょっと見て、腰を摑んでお尻を少し強引にカメラのほうに向けさせた。友莉はそれが嫌だった。山際はカメラを少し遠ざけて、どうやら四つん這いの全身が撮れるようにしたようだった。

「はい、こっち見て」

言われて、山際のほうを見ると、顔も含めてまた小さなコンデジのほうで撮られた。

ロリータの魅力を画像に残すという山際の言いなりになって、撮られる羞恥と快感に目覚めていく。

股間に手が伸びてきて、膣口をツンツンと指で突かれた。そしてゆっくり押してきた。

「はぁうっ、し、しないでっ」

パンティの上から穴に圧迫が加わって、それだけでジンと感じてしまい、そのたびにピクンと腰に反応した。

「ほら、パンティ細くなって小陰唇隠れるけど、大陰唇は出てる……でも、割れ目の肉も周りがくすんでなくて真っ白だから、清潔感バツグンで……」

「ひいっ」

「おお、パンツが大陰唇の間に入り込んで、小陰唇だけ覆って、膨らみが襞なのがわかるぞ。ツルツルした感触が触り心地がよくて、エッチな気持ちにさせるよ。パンティを通して肌の温かみも感じるよ」

山際は今度は真ん中のテーブルを部屋の隅に移動させた。ソファも一人がけの椅子をどかせてスペースを作った。友莉は居間の真ん中に立たされた。

「はい、少女ストリップ始めぇ」

山際は何か友莉の弱みでも握っているかのように、命令口調で言ってきた。

「い、いやぁン、だめぇ、できないっ」

ストリップという言葉が心に突き刺さる。ぽつんと一人で立っていると、かつての担任教師の前で、動画に撮られながら服を脱ぐなんて恥ずかしい。でも、独特の解放感と見られる興奮があった。

ブラウスを脱ぎ、出てきたブラジャーを両手で隠す。もうそこで手が止まって、友莉は自分から脱ぐ恥ずかしさで萎縮する。それを見た山際がにんまり笑って、近寄ってきた。

後ろに回られて、ブラジャーのホックを外された。「あっ」と友莉は手でブラジャーを押さえるが、カップの半分がレースになったブラジャーはさっさと取り去られてしまった。

「やぁン」

友莉は露出した乳房を両手で何とか隠した。

「手でオッパイを隠す恥じらいが大人っぽいね……下も脱いで、オールヌードになっちゃおう」

ミニスカートもホックを外されてサイドジッパーを下ろされると、友莉はもう観念する気持ちになってきた。

「自分で脱ぎますぅ」

以前からそうだが山際は遠慮なくやるので、勢いに呑まれていく感じで、どこか情けない声になった。結局パンティ一枚の裸を晒して、山際の前で大人になりかけた肢体を縮こまらせた。

「あれっ、エッチな子だなあ、割れ目ちゃんがヌルヌルしてきてるぞぉ」

「あぁ、先生がそうさせたから」

セクシーショーツのお股のところはすでに湿り気を帯びて、じっとり濡れていた。

「ずっと前は、胸が少女らしくて平板で、小さいのが飛び出して見えてたよ。でも、けっこう丸く膨らんできてるよね。ちょっと手をどけてごらん」

友莉は羞恥心と緊張感で顔が強張っている。左右の乳房は両手を交差させて隠していたが、その手を俯いてちょっと眼をキョロキョロさせながら下ろしていく。恥じらいとそれを誤魔化すために作った笑みが可愛い。

「右の乳首が左よりちょっと大きいかな」

言われてよくわからなくて首をかしげたくなるが、そんな余裕もない。左の乳首が先っぽだけやや凹んで突端が中に隠れているので、山際からはそういうふうに見えたのかもしれないと思った。

覚悟はしていてもいざ裸の乳房を露にすると、恥ずかしさで顔を赤らめ身体が揺れてしまって、そんな様子は山際の視姦の餌食になっていく。それも友莉は予想していて、すべてわかっていて山際のもとにやってきた。

前で胸を覆っていた手は下げて、乳房は出してしまっている。山際がそっと乳首の上から手のひらをかぶせてきて、ゆっくり大きく円を描いて撫でられた。背後から両手を回されて、両方の乳房とも揉まれていく。

「あぁあぁぁ、いやぁぁーっ……」

指でギュッと故意にやる感じで、乳腺まで圧迫された。丸い乳房が平たくなるまで握りつぶされた。

友莉は成長して丸くなってきた乳房を揉まれ、乳首も指でいじられてツンと尖った。

「こっちにおいで」

畳の部屋に入れられた。どうも段取りを考えてやられているようでちょっと不安になる。山際は三脚に取りつけたカメラも持ってきた。

押し入れを開けて、友莉が見ている前で布団を出して敷かれたので、緊張させられ

た。それが顔に出て山際も気づいたのか、

「今日は、友莉ちゃん、勝負パンツ穿いてきたんだよね」

そう言われた。いよいよだわ……と、セックスされることを覚悟しなければならないのかと思うが、敷かれた布団からちょっと後ずさる。

「セ、セクシーなの穿いてきました。勝負パンツです……で、でもぉ、恐い」

期待と恐れ、その両方を感じている。友莉は本音を吐露した。

「恐くていい。ずっと歳が上の女の子だって、最初は恐いから。男だって最初はドキドキする。先生も若かったころ、その場になって緊張でなかなか立たなくてねえ」

言いながら、友莉の肩を押して布団の上に誘引し、また肩を抱くようにして上から押さえて、やや無理やり布団に寝かせた。

布団に寝て緊張している友莉の乳房に、また山際の手が伸びてきた。

「あはぁ、いやあ、はうぅ」

仰向けになっても少しも平たくならない乳房をやわやわと揉まれた。

同時に下半身にも手が伸びてくる。

「やっ、あっ、あん、ああン」

レースのショーツにできている魅惑の割れ目をスッ、スッと撫で上げられた。

「この透けてるところは毛が一本も生えてないから、本当に綺麗だな。全体が白いよ。大人だったら毛が生えてて、まあそれはそれでいいけど、少女のつるっとした真っ白な無毛のお股がよーく透けてる」

友莉は幼膣を撫でられて、快感に身体を固くさせた。

「ただ美少女ならいい、というわけじゃない。美少女でなくても、何かゾクッとするようなやらしい感じがある子がいいねえ。友莉ちゃんは可愛いのとやらしいのが両方あって、男のチ×ポがビンと勃《た》つよ」

「あうぅ……」

感じるのはそんなふうに卑猥な言葉を聞かされているのも原因になっている。

「×学生の女子が覚悟して元担任教師の家に来るなんて、すごいことだよね。この興奮は尋常じゃない」

山際はいかにも楽しげなので、直接的にいやらしい言葉で言われると嫌なものを感じた。

山際が膝で歩いて友莉の横ににじり寄ってきた。

両手をべたっと身体の上に置かれて、上下方向に胸、恥丘、太腿へと撫でさすられていく。友莉は愛撫と言葉と見下ろしてくる視線に煽られて、快感でキュンと全身が委縮してくる。

「ぐふふ、今、いろいろ言われて、こうやって触られて感じて、興奮している。それが友莉ちゃんのM的ないやらしいロリータのエロなんだよ」

「あぁ、ま、またロリータって……触るからいけないんだもん」

寝かされて縦横無尽にやる感じで、乳房も割れ目も撫でられたら、全身に快感が襲ってくる。

「これは前戯。でも言葉だけでも、友莉ちゃんはアソコが濡れるんじゃない？」

「あーう、そ、そこを、そんなエッチな言い方して触られるのって、いやぁ、あ、あぁぁン」

指がレースのビキニショーツの上からだが、やや深く柔肉に食い込まされていた。

「せ、先生、わざと変態のような言い方してるぅ。普通にしてぇ」

「いやいや、こんなふうに眼鏡変態おじさんとして、できるだけスケベに気持ち悪くやったほうがいいよ」

山際はスジに眼をつけて、指をズズッと上から垂直に侵入させてきた。膣穴にもパンティ一枚隔てて指先が食い込まされた。

「あはぁぁ、あうっ！」

虫唾が走るというほどではないが、ずっと無理やりの雰囲気と山際が言うように気持ちの悪さを引きずって、しかも割れ目や乳首を感じさせられていく。そして卑猥な言葉が心の中に溶け込んでくる。

合意なのに、犯されていく精神状態で愛液が溢れてきそうになっている。

「はうぅ、い、今まで何人くらいの女の子にイタズラしたのぉ？」

「それ訊くの？」

山際の眼の色が少し変わった。しばらく沈黙したが、

「ふふふ、友莉ちゃんには隠したくないから言うよ。友莉ちゃん入れて十五人だね。もっとだったかな」

「えっ、そんなにぃ？」

「まあ痴漢が多いね、さっき言ったけど。かなり以前から被害者の少女が続出してるよ。はっはっは」

捕まらなかったのか訊こうとしたが、それはやめておいた。学校を変えさせられて配置換えになった前のクラスの生徒との件も一瞬訊こうとした。だが、山際に気を遣って口には出さなかった。

「先生は、少女が好きで、わたしを好きというわけじゃないでしょう？」

「えっ、何だって？」

友莉は以前からちょっと頭の片隅にあったことを口にした。山際は少し顔色が変わった。眼を見られて友莉も戸惑うが、話を続けた。

「いいの、正直に言ってもらえば……それでもちっとも恨まないわ。わたしも先生が好きなのではなくて、いやらしいことする大人が好きなだけ……いや、まだちょっとわからないけど……だから……」

「はは、曖昧な子だね。でも、そ、そうだね……」

山際はわずかに狼狽えるような顔をした。そんな表情を見せたのはこれが初めてだった。

「気持ちよくなってアソコがヌルヌルしたり、恥ずかしい声が出たりして、最後にキューンとなって……そんなことが何度もあったわ。すごく気持ちよくなったとき、一瞬好きっていう気持ちになったのかもしれないけれど、でもやっぱり違うと思う」

「そうか。少女の心は複雑なんだ。先生は嫌われて、嫌がってもらってたほうが興奮するけどね」

「いやっ、そんなの」

友莉は本音を言ってみたが、山際の反応は予想していたのとそれほど変わらなかった。このままエッチなこととして飽きたら終わりでも、それは仕方がない。この状態がいつまでも続くなんて思っていない。先生にされた感じること、いやらしいことの思い出で満足する。

自分の指を先生の指と思って、感じるところを全部触る。先のこと考えてたってしょうがない。今がよければいい。そしてたぶん、先生の代わりの男の人が現れる。

そこまで想像力を働かせるが、もちろんそんなことは山際には言わない。必ずしも本当のことを言う必要はないような気もする。楽しくなるようにすればいい。エッチで恥ずかしくて、痛くても快感がたっぷり味わえて……それでいい。

パンティの生地越しでも膣粘膜は鋭く感じるが、友莉は会話が途切れたあと、その外縁も指で執拗になぞられた。ゾクゾクッと悪寒が走って、快感の波が全身に伝わるように感じた。

秘部は緩慢な手の動きで撫でられつづけて、快感が溜まりに溜まって積み重なってきた。山際のいやらしい言葉や卑猥な指での愛撫、凝視する眼差しが有機的に密接に影響し合っている。

「あうぁああああぁーっ！」

友莉は歓喜の声をあげた。喜悦の涙を流し、膣がギュッ、ギュッと繰り返し強く締まった。自分で意識できなかった深い穴の奥から、湧き上がってくるような快感だった。

「少女なのに、恥ずかしいよがり声をあげたな」

「あぁ……」

イキ声のことを言われたことはわかる。

「だんだん大人になってきてるね。でもまだロリータのピークに達した状態が続いてるよ。前にも言ったけど、ティーンの身体の成長はまだだね。もちろんそれでいいんだけどね」

「はぁぁ、あう……」

軽くだが、確かにイッてしまった。山際の言う成長の段階のことも少し気になっている。

「じき卒業するわけだけど、そうとう綺麗になるだろうね。でも、先生にとっては、今の友莉ちゃんが最高だよ」

その評価は、何やら不気味だった。改めて、山際が少女、つまり子供として自分を欲していることを感じた。

「ここの少女のお肉がまた可愛くていやらしい。大人の形と同じだけど、ずっと小さくて、たっぷり嬲ってみたくなる」

「うあぁぁ……な、嬲るの？」

首を振って、その嬲るという言葉をどうしてもまともに受け止めしまう。

「クリトリスの包皮と豆の小さな塊がこれだ」

「アアアッ！」

指先で無造作にギュッとプッシュされた。さらに開脚させられていく。

「そこからこういうふうに……ぐふふふ……襞びらが、パンティの上からでもわかる……」

「あーっ、な、中にぃ！　あぅ、あぁぁぁぁっ」

大陰唇が開いていて、肉溝内部に両手の人差し指二本を入れられている。左右の襞びらをえぐるように強く撫でられた。その刺激と快感で腰をひねるが、山際にすぐ元に戻された。

「ほらぁ、肉の膨らみがモコッとしてる……」

「いやぁあン！」

クリトリスと小陰唇の一帯を一つまみにされた。

恥丘下部から二つに分かれた肉襞の間が少女媚肉の中心になっていて、そこが愛液で湿り、レースなのでわかりにくいが、ショーツが少し黒くなっていた。いじられるうちに恥肉全体が充血して膨らんできている。

「もうだいぶ形が露になって、可愛くて卑猥な少女の性器が、してしてぇと言ってるようだぞ……」

「あうぅ、も、もう、だめぇぇ……こんなことになってる女の子なんて、世界中でわたし一人ぃ」

「ははは、一人じゃないだろう。でも、前の学校では友莉ちゃんだけかな。こんな幸せな×学生は――」

「そういうふうにズバリ言うのって……すごく、こ、興奮して……感じちゃうっ」

友莉は、今度は布団に俯せにさせられた。ビキニのすそを真ん中に集められ、ギュッと上へ引っ張って尻の割れ目に完全に食い込まされた。

「ああっ、Tバックにしようっていうのぉ？」

「むふふふ」

ショーツがピタッと張りついて、割れ目のふっくらした細長い楕円形が露になった。突起した包皮の形も見えている。とにかくすぐに全裸にはさせずに徐々にじわじわやるのが本当にいやらしくて変態的だが、それが友莉にはかえって快感にもつながっていた。

「やっぱり、Ｔバックのほうがお尻が丸出しになって、いい眺めになる」

「いやーん、Ｔバックは×学生は穿かないわ」

白くて丸い尻たぶは白桃のような、フルーティな脂肪肉の盛り上がりである。真ん中の尻溝だけ少し色が濃くなって見えて、指で下から上へスーッとなぞられた。

「あっ、あぁン」

友莉はちょっとかん高い可愛い声をあげて、腰をくねらせた。

まん丸い尻肉がゆっくり蠢いて、脚を開くと、左右の尻たぶがやや横へ広がった。

俯せになった友莉は後ろから両足首を摑まれて、百八十度近くまで開脚させられた。

「アアアッ」

大股開きの羞恥に打たれている。パンティが真ん中に寄っていた。ショーツは恥丘のところを底辺にした細長い三角形になって、上のお尻の穴のあたりに三角形の頂点がある。

「左右の尻たぶと腿のつけ根で囲まれた生殖器のエリアが狭いこと！」

そう言われても、何と比べてなのかわからなかった。

俯せだと、少女に特有の腰が反る格好になって、尻が丸く盛り上がって見えた。

（いやぁ、アソコばかり見られて弄られる……）

ショーツは細く絞られて、大陰唇の間に挟まって食い込んだ。両側にプクッと膨らんだ大陰唇を指で左右とも同時に撫でられた。ショーツが入り込んで小陰唇で膨らんでいる部分にも、指が入れられて撫でられていく。片手で大陰唇を、もう一方の手で小陰唇と膣口を愛撫された。

「あぁぁ、あーう、はうぅぅーっ……そ、そこ触るの、やぁぁぁーん！」

友莉は快感と闘うように、身体を右に左によじり悶えている。

大陰唇のさらに外側、左右に広がった肌色のしっとりした部分に指が這わされた。

「あああっ」

大股開きの状態で、股間から鼠径部へと執拗に撫でられいじられつづけ、居ても立ってもいられないような快感になった。しかも山際は撫でながら指に唾をつけたようで、ヌルッとした感触に怖気を振るった。

再びショーツが食い込んだ少女のスジを上下に繰り返し指でなぞられはじめた。感じさせようとしている。その目論見どおりに、友莉は「あっ、ああっ」と、どうしても声が出てしまう。

（やぁン、愛液が溢れちゃう！）

パンティを濡らしてしまいそうな気がして、山際にも指ではっきりわかってしまうと思った。

だが、そうなる前に勝負パンツのレースビキニショーツは山際の手でゆっくりと剝ぎ取られてしまった。

「あひぃン」

友莉の尻たぶが両手で大きく割られた。

「いやぁ。そんな、わざと――」

ことさら強く大きく開かせて覗くなんて、やり方がイジメになっている。そう友莉は顔を歪めて少し山際を振り返る。

「女は大きく開くと、感じるようにできている」

友莉の顔を見た山際はそう言ってニヤリとする。しかもお尻の穴を指でクワッと開いた。

「あぁあうっ、い、いやぁぁ、そこは、だめぇぇ」

「ここは出すところだけど、場合によっては、入ってくるものもあるよ。指とか、もっと太いものとか……」

「あンッ」

指先が少し入りかかった。

「浣腸器とかもね」

「ええっ」

実際に行うこととは思えない、想像つかないようなことを言われて恐くなる。

「先生は大学生のとき、中学のときの女の先生と初めてセックスしたんだ。もう人妻になってたけど、抜群だったねえ。気持ちよすぎてドバーバと発射したよ」

山際の話を聞いて友莉は想像してしまい、いやっと言って顔をそむけた。猥褻な言葉で興奮させようというつもりなのか、あまり聞きたくない話だった。お尻の割れ目を大きく広げられて、セピア色の皺穴と幼膣をじっくり見られ、感じたくなくても快感が昂ってくる。

「その人妻女教師はまずじっくり裸を見せて先生を興奮させておいて、ビンビンに勃起させてから、口でパクッと咥えやがったんだ」

「先生ぇ、大人の女の人にするようにわたしにするのぉ？」

友莉はこれまでの言わばピンポイントでいじり抜く愛撫から、本格的な大人の身体の交わりと同じようなものになっていく気がして不安になった。

最初イタズラされたとき、身体を固くさせただけだったが、深くのけ反ってピクッ、ピクッと引き攣って、快感で身体が固まるときは背中が突っ張る感じで強張っていく。

「ほら、お尻の穴も膣もキュッと締まって感じてきた。もうだいぶ大人のエッチな身体になってきてる」

「感じるのは仕方ないもん。いやらしく言うのは違うわ。言わないでぇ」

「ふふふ、×学生なのにオマ×コがスケベ汁でヌルヌルしてきた」

「うあぁっ」

友莉は感じているとき、卑猥なことを聞かされると、よけい感じてたまらなくなる。もう、口で言うのとは反対に、内心それが好きになっている。

俯せから腰に手を回されて引っ張られ、起こされた。そのまま膝で立たされて、四つん這いにさせられた。

山際は無言で後ろからじっっくり見ている。わざとそうしていて、羞恥を煽るやり方だとわかる。

お尻の穴も、女の子の「生理の出るところ」も丸ごと露出してしまって、すべて見られている。

友莉は四つん這いになるとき、手が震えながらお尻のほうへ行き、おずおずと振り返る仕草とともに丸見えになっている恥裂を隠そうとした。

　山際が真後ろにさっと立って、熱い眼差しを向けていることがわかると、あぅと恥じらいの声が漏れて、また手をお尻に伸ばして下の唇を隠そうとした。

「友莉ちゃんの淫らさが宿る女の部分をよーく見せてごらん」

「いやぁ、そんな言い方ぁ……だめぇ、じーっと見るのって、い、いやぁン」

　見えない背後から秘部をじっくり見られると、特に羞恥心を掻き立てられた。眉をハの字にして、泣き出しそうな顔で山際を振り返った。

　いつまでも見られているより、触られて感じさせられたほうが楽な気さえしてくる。

「お尻だけぐっと突き上げて」

「えーっ」

　腰に力を入れて反らし、身体は動かさずにお尻のみ角度を上向かせた。そんなポーズを取ることは滅多にない。羞恥心が萌えてくる。山際の表情を見なくても、お尻を上げた格好が先生を楽しませ、興奮させているとはっきりわかる友莉である。

（先生の太い、お、おチ×ポの棒がぁ……ズボッと嵌ってくるぅ！）

　友莉は大人の勃起を幼穴に挿入されるのを覚悟してここへ来た。今、そのときを待っている。

背後から、山際の手が股間に伸びてきた。

(な、何をするのぉ？)

声に出しては言わないが、一瞬訊きたくなる。

肉芽を指の腹でぐるぐる、ぐるぐる小さな円を描いて撫でられていく。

「あっ、くぅ、あうぁあああっ……」

快感が昂ると同時に、腰が上昇して高い位置で止まった。押しめくられた包皮から、充血して突起した少女の淫らな核が弾けた。

「はぁうぅううーン！」

少女とも思えないかん高い大きな快感の声を披露した。そのエロ声の悲鳴の直後、上がっていたお尻がストンと落ちた。

友莉は快感で羞恥の泉から熱いものが溢れてくるのを感じた。恥裂も開いている。

興奮に身を任せると、ほかのことは考えられなくなった。緊張して強張っていた身体が柔軟になって、単に言葉の上でも抵抗する意志をなくしてしまった。

「友莉ちゃん、×学生なのに、恍惚とした顔になってきたよ」

「あぅ……」

言われて自分でもわかる気がする。快感で口が半開きになってしまい、全身から力が抜けている。

「先生、おチ×ポがビンッと立ってきた……ちょっと、こっちに来て立ってみて」

山際に促されて、友莉は大きな窓の前に立った。

さっとカーテンが開けられて、背景に裏庭が見えた。その向こうは山の斜面になっていた。土砂崩れが起こりそうな危険な場所にも見える。

友莉の正面に立ったとき、自分の身体で影にならないようにするためだろう。三脚に付けたカメラを斜め後ろに置いた。しかも三脚の脚を短くしてカメラの位置を低くした。下腹部から顔までをやや下から撮れるようにしたようだ。

寝かされたり立たされたりと、さまざまなポーズで画像に残そうという山際のスケべさには悶えるほど悩まされてしまう。恥ずかしすぎて顔が火照り、涙が出てきそうだ。

全裸でもじもじしている友莉の前に、山際がすっと立った。

第六章　破瓜に悶え泣く幼肉

山際の指が一本だけ伸ばされている。一番長い中指だった。

友莉は裏山を背景にして大きな窓の前に立たされている。

カメラの上のモニターに自分の全裸の姿が映っている。動画で撮られている状態で、山際の指が股間に差し込まれた。

「ああっ」

ピトッと恥裂に宛がわれた。

「あぅ。ま、また、そこを？」

わかってはいたが、全裸で立たされて女の子の最も恥ずかしい部分、最も感じるところに指が侵入してきた。思わず腰を引いてしまう。

「いろんな格好で、二度とない美少女のエロスを残そう」

山際の言葉に、友莉は無言になってしまう。

指が恥裂の一番奥からぐっと曲げられて、そのまま前へゆっくり掻き出された。

「アアアッ……いっ、いやぁあン！」

そのやり方は繰り返されてきた少女器への陰湿な愛撫だが、全裸で立たされて動画に撮られながらやられると、性感帯と心の中を強く刺激された。

ビクン、ピク、ピクン――。

友莉の下半身全体に大きな揺れの反応が起こった。

もう一方の手が胸に伸びてきた。小さいながらコロッとして、やや硬い乳首を指でコチョコチョとくすぐられていく。

「あぁっ、乳首っ、いやぁっ」

尖った乳首も感じさせられて、声が少し引き攣る。さらにボタンを押すように乳首を真上から押されて、乳房の中へ押し込まれた。

「あぅ、そんなふうにするのってぇ……」

イジメるようなやり方だが、やっぱり感じてしまう。もちろんそれは口に出さなかった。

「こうやっていくとぉ」

山際は乳首をつまんでねじりはじめた。乳首の先っぽが左右に半回転ほどして快感がキリキリと高まっていく。

悶えるような羞恥と興奮の中で、乳房を愛撫されていく。まるで母乳を搾ろうとでもするかのように、親指と人差し指でギュッとつままれてひねられた。

「い、痛ぁい、あぁああン！」

眉を歪めて山際の顔を見ると、そのつまむ力がすっと弱まった。

「ごめん、ごめん」

山際は指の力を弱めたが、微妙に痛くしてぐりぐりと揉んでくるので感じてしまう。乳首はひねられたかと思うと口に含まれて、ジュッと音を立てて吸われた。

「い、いやぁぁぁ」

ひときわ大きな声になった。突起していた乳首を口の中に吸い込まれると、快感が研ぎ澄まされるように強くなった。思わず山際の髪を両手で摑んでいた。

「ははは、けっこう感じたかな」

口で嫌と言うのとは反対に幸せ感も含む快感が乳首に襲って悶えてしまう。山際はすぐまた乳首をチュッと強く吸い、口の中で尖った乳首をネロネロ舐めてきた。

「やぁぁン、か、感じちゃう！」

友莉は山際の髪を放したが、手で頭を抱いて乳首快感を味わった。左右の乳首を交互にしつこく舐められ、吸われて、友莉は快感で首を振り、悲鳴に近い声をあげつづけた。

山際は乳首から口を離すと、ふうっと息をした。

「ちょっと変態でやるよ」

山際は脱がしていた友莉のショーツを畳の部屋から持ってきた。変態というから何をする気なのか不安になっていると、ズボンのジッパーを下ろし、大きく漲ってきた肉棒をブルンと揺らして友莉の前に出してきた。山際はビキニショーツを自分の逸物にかぶせて、根元に巻いてすそゴムで留めた。

「ええっ、い、いやぁン」

自分のパンティが飾りのように添えられた勃起を見て、言葉どおりの変態だと思った。恥ずかしい異常な行為も、卑猥なことや感じることをされる興奮につながっていくような気がしてくる。そんな恐さを感じた。

友莉はその場でしゃがまされ、膝で立たされた。

山際が友莉の前で仁王立ちになった。

「ちょっと手でしごいてみて……」

「ひっ！」

おチ×ポを目の前に出された。友莉は眉を怒らせて眉間にまっすぐ長い皺まで寄せて、羞恥と恐怖の表情を見せた。

山際がカメラのほうを振り返った。ちゃんと撮れているか確かめようとしたらしいが、友莉からもモニターに自分の顔と山際の肉棒が映っているのが見えた。

手を取られて、肉棒を無理やり握らされた。

友莉は「あぁ」と嘆いて、ちょっと口が開いて、白い歯を見せた。肉棒を握った手の力を弛めて、指を下から添えるくらいにした。

（先生のおチ×ポ、初めて掴んだわ……）

「さあ、ちゃんと握ってしごくんだ。玉もあまり強くなく握って、やわやわと軽く揉んでくれ」

大きなペニスを恐るおそる握る。感動の握り心地である。決して嫌ではない。でも、ショックだし、羞恥で舞い上がる。

言われたとおり、手で掴んでゆっくりしごいた。睾丸も下からそっと手で重さを量るように握って揉んだ。

こ、こんな恥ずかしいシーンまでカメラで撮られちゃう――。

恥辱の思いに舞い上がりながら、手で太い肉棒をギュッ、ギュッと揉まされ、勃起ペニスが友莉の手の中でさらに漲ってくる感触を受けた。

「ほら、先生のここ見て。ちょっと出てきてるよ、ヌルヌルのカウパー液が……ほーら、糸引いて……さあ、舐めてごらん」

山際は友莉の頭を上から手で押さえて、亀頭を口へ接近させてきた。

友莉は眼が寄ってくる。目の前に卑猥な海綿体の塊が存在している。

震えながら赤い小さな舌を出して、亀頭にチョン、チョンと触れてみた。

「そうそう」

山際は肉棒を手で持って前進してくる。亀頭が唇の間に少し入った。友莉は大きな肉塊に柔らかい唇をかぶせた。

「まだ入れないから、唇だけで先っぽをしごいて。ほら、手で持って……」

「あぁぅ……あむぅ……」

友莉は勃起を両手でそっと握って、大きな亀頭を口に含んでいった。

(せ、先生の……すごく大きい。か、感じるぅ……)

初めて口に受けるおチ×ポの感触で、友莉は胡乱な眼差しになってくる。山際に言われたとおり、唇で亀頭を圧迫して顔を前後に動かしていく。

唇の裏側でネチョッ、ニチャッと音を立てて、亀頭を愛するように摩擦した。

「お、おおっ、これは――。×学生のフェラは、い、いい！」

山際はかなり感じているような声を出している。そんな声はあまり聞きたくなかった。

「口でジュッポ、ジュッポ、さあ、もっとだ。もっとやれ」

急かされて、仕方なく口に含んだ肉棒を懸命にしごく。すると山際の腰の前後動も激しくなってきた。

プーンとペニスの匂いがして、頭がクラクラした。黒目勝ちな大きな瞳は潤みっぱなし。目の前に見えるもじゃもじゃした毛が少し気持ち悪くなる。

「むおぉ、感じるぞぉ……先生の先っぽ、おぉっ、充血して膨らんでくるっ……友莉ちゃんのお口で暴発しちゃうかも！」

暴発って……あぁ、射精のことぉ？

友莉は今までセックスのことは脳裏にあったが、口で男のチ×ポを感じさせて、射精させるなんて考えたこともなかった。本当にそんなことが起こるのかまだピンと来ない。

（お口の中に出すなんて、ありえない！）

友莉はしばらく山際の亀頭をフェラチオしていたが、ちょっと恐くなって口から出した。チラリと山際の顔を見て眼が合ったので、また舌を伸ばして亀頭をペロペロ舐めはじめた。

「うっ、ペロペロと……い、いいぞぉ……むぐおぉ、も、もっとやれ」

山際は友莉がフェラチオを行う姿を見下ろしながら、快感の声をおぞましく発してくる。友莉は感じさせてその暴発に至るのではないかと不安になった。

「裏スジを舐めるんだ。ここだ、ここ……」

指で差して舐めさせようとした。

しばらくその裏スジを舐めていると、また肉棒を口に含まされて、吸ったり唇で擦らされたりした。

「むぐぅ、あむぅうン」

眉を歪め、呻き、肉棒を咥えた口から涎が小ぶりの乳房に垂れていく。

やがて、山際が友莉の唾液でヌラヌラ光る肉棒を自分の手で握って、赤紫の亀頭を友莉の顔に擦りつけてきた。

「ああっ、やぁぁぁーん！」

唇から鼻、頬まで、自分の唾とカウパー腺液がついたヌルヌルの亀頭を擦りつけられた。その感触で泣きたいような気持ちになるが、同時に「あはぁ」と快感の声が漏れてくる。

肉棒はまた口内に入れられた。今度は肉棒の胴まで深く入れられて、ゆっくりだが、確実に出し入れされはじめた。勃起ペニスは友莉の口にはあまりに太いので「うぐぅ」と呻いて深く咥え、舌でグッと圧迫までして舐めしゃぶった。

「むおぉ、もう大人の女と大差ないフェラチオだな。このままやってると、ドビュッと出そうだ」

いかにも感じているような顔をして、口から勃起をズルッと抜かれた。

ヌラリと光る亀頭が目の前で上下動している。こんなシーンまで動画に撮られているのかと思うと、友莉は恥ずかしさで赤面してしまう。

ただ、山際はすぐには射精したくないようで、肉棒をいったん友莉の口から抜いた。

床の上に膝で立っていた友莉は立ち上がって、次どうするのか山際の行動を見ていた。

山際はまた畳の部屋に行って、まもなく手に何か玩具のようなものを持って戻ってきた。

「ピンクローターっていうんだ。友莉ちゃんの性感帯に当てると、めちゃ感じちゃうよ」

それは見たこともないピンク色をした蚕《かいこ》の繭みたいな形の大人の玩具だった。

コードがついたちょっとちゃちな感じの丸いダイヤルスイッチを回すと、そのピンクローターという玩具がブーンというやや大きな音を立てて振動しはじめた。友莉は淫靡な振動音で不安になるが、大人の玩具の卑猥さも感じて玩具をじっと見てしまった。

「ぐふふ、興味あるようだね。ちょっと当ててみよう」

振動する玩具を乳首にそっと当てられた。

「アアアッ！」

乳首が強い快感に襲われた。友莉はイヤッという口の形になって、肩をひねり、眼をつぶって首を左右に振った。

山際が友莉の前でしゃがんだ。割れ目に下からローターが当てられた。

「いやぁン、そこだめぇぇ！」

腰をぐっと引くが、激しく振動する硬いプラスチックのローターを幼膣に当てられた。包皮の上からだが、肉芽にも当たって強い快感に侵食されてくる。

もう卑猥な大人の玩具まで使って羞恥と快感を与えようとしている。確かにやられる興奮は友莉の中で盛り上がっていたが、やっぱり恥ずかしい。そんな恥ずかしくて快感になる方向に山際が持っていこうと意図しているのはわかっている。

友莉は秘部にバイブレーションを受けながら、腰をひねり、割れ目を山際の手から少しそらしただけで、結局されるがままになった。

「あぁあああああーん！」
ピ、ピンクローターって、すごく感じるぅ……。
襲ってきた快感で、身体が大きくガク、ガクッと揺れ、顎も上がっていく。

さらに、肉芽をダイレクトに刺激された。

「あひぃぃ……だ、だ、だめぇぇぇ――っ！」

これまで感じたことのない強い快感に襲われた。快感のわななきで喉を震わせて立っていられなくなった。その場にしゃがんで、山際に前から肩を押さえられて床にごろんと転がされた。

友莉は山際に上から乗っかかられて、体重で動けないようにさせられた。そうしておいて、その大人の玩具をクリトリスにしっかり当てられた。

（いやぁン、イカせようとしてるぅ！）

友莉は小さな柔らかい身体に力が入って、背中をのけ反らせ、後頭部を床にぐっと押しつけてしまう。

「あぐぁあっ……それ、いやぁぁぁン！　イ、イクッ……あああっ、あひぃぃぃぃー っ！」

苦悶するように喘ぎ、上体をきつくよじらせる。

「ほう、かなり感じるもんだねぇ」

山際の声が聞こえるが、虫唾が走って耳を塞ぎたくなる。

友莉は山際の手で内腿をグイグイ押されて大きく開脚させられた。恥ずかしい開脚ポーズにさせられて、肉芽中心にローターを当てられた。大股開きの恥辱の状態で最も敏感な肉の突起をエロ責めにされた友莉は腰をカクンと痙攣のように揺らし、下腹を波打たせた。

ピンク色の雌蕊《めしべ》は左右に花びらを開いた。

その状態で、肉芽から幼穴まで振動するローターでゆっくり揉まれた。

友莉は下半身を快感に支配されて、自然に腰をグラインドさせていく。

ジュッ、ジュルッと少女の粘液を垂れ漏らした。

「イグッ、あああっ、クゥウーッ、だめぇっ、イク、イクゥウウ――ッ！」

眼の前で、パッと白い光が煌《きら》めいた。

脳天まで快感の電気が駆け上って突き抜けていった瞬間だった。イキ声は恥ずかしいとわかっていても、我慢することができなかった。

「ぐふふ、友莉ちゃん、すごかったね……ピンクローター、よかった？　絶頂に達したんだね……」

「はぁう、あぅ……い、いやぁぁ……」

友莉は何も言えない。まだ大股開きの姿を晒したままだ。少女なのによがる間中、どうしても脚が開いたままになってしまい、パカッと開いた股間を意識しつつ愛液を垂れ流したのだ。

「むふふ、ローターだけのせいじゃないと思うよ。友莉ちゃんの求めていたエロ責め……ふっふっふ、バイブのことは知らなくても、いろいろされて、こんなふうになることも望んでいたはずだよ」

乱れた髪を撫でられながら言われた。頷きはしないが、山際の言うとおりなので口を半開きにして静かに聞いている。徐々に気持ちを落ち着けて開いていた脚をゆっくり閉じていった。

「さあ、もう先生はスタンバイ状態なんだ。わかるね？」

いよいよ肉棒挿入のときを迎えた。それがわかる友莉である。

「もう一度、脚を開いてごらん」

「えっ……こ、恐い……」

ハッと目覚めるように黒目がちの大きな瞳を見開いた。山際に両脚の腿を外側に押されて、開脚を促された。

（せ、先生のが……来るっ！）

抵抗する気はとうになくなっていた。内腿を押し分けられて、大きく開脚していった。

迫ってくる勃起を見る勇気はない。山際の眼を見ている。視線が合うと、観念の気持ちになってくる。

「あぎゃあぁぁっ！」

幼膣に激痛が走った。穴が広がった。そそり立つ肉棒が膣に挿入されはじめた。

膣口はヌラヌラに濡れていても、その秘穴は小さかった。亀頭は入ったが、ごつごつした山際の太い肉棒本体は簡単には入らなかった。硬い茎は一、二センチ入ったくらいで止まった。

乳首をつまみ上げられていく。

「あぁああうっ、痛ぁぁ……くうっ！」

苦悶して、涙が止まらない。でも、覚悟してここにやってきた……その思いが今、脳裏をかすめる。

歯を食いしばり、華奢な身体を小刻みに痙攣させている。

「ああっ、先生ぇ、深いぃ！」

止まっていた肉棒がさらに侵入してきた。亀頭より少し深く入ってきたところで、膣穴が裂けるような痛みに襲われた。

「だめぇっ……それ以上は無理ぃ！」

叫ぶと、さすがにやめてくれた。

「むおぉ、オマ×コの全体が凹んだな」

異様なことを言われた。幼膣の周囲までがめり込むような圧迫を受けたが、山際は友莉が絶対に拒むとき、勢いで無視してやったりはしない。好色な山際だが、友莉もそれは信用していた。


友莉が苦痛を訴えて嫌がると、山際もさすがに躊躇したようで、一休みした。服を着せられ、カメラの動画撮影も停止したようだ。身体中かなりいじられ、いやらしい玩具まで使って感じさせられたので、今日はもう終わったのかとふと思った。

カメラをいじる山際の様子を窺った。顔の表情はまだどこかニヤリと笑っているように見える。

友莉がブラウスのボタンまでちゃんと掛けて落ち着くと、肩を抱かれてソファに座らされた。

「裏庭の向こうがね、すぐ小さな山になってるんだ。さっき見ただろ。通称団子山《だんごやま》という丸いこんもり繁った山で、ひい爺さんのときからの所有でね。小さいころよく遊んだものなんだ。今から行こう」

山際が言う団子山は、裸で立たされたとき窓から見えていた。

「行って、何するのぉ？」

「むふふ、自然の中で遊ぶの」

「な、何して遊ぶのぉ？」

「少女と自然のコラボ、自然の中で、山の中で美少女がのびのびと、すべてを晒して……自然と一体化がテーマ」

「あぁ、すべてを、晒すの？　外で真っ裸にされちゃう……」

友莉は声が震えた。山際に期待したことをやり取りで訊くことができたが、野外での自分の恥ずかしい姿を想像してしまう。

「大丈夫、誰も見ていないよ。先生と森の木々だけが見てる。友莉ちゃんのピンク色のアソコを」

「ああっ」

山際の言葉が下腹部に突き刺さった。

山際はカメラを三脚に取りつけたまま、担いで持っていこうとしていた。

「カメラも持っていくのぉ？」

友莉が訊くと、山際はちょっと笑って、

「露出マゾの少女美をデジカメで撮っておこうと思うんだ」

また異様なことを言って、友莉の肩を押した。

勝手口から出て、雑草が生え放題の裏庭から山のほうへ行くと、急な傾斜に赤さびのついた鉄の階段が設けられていた。友莉は山際のあとから細い手すりをしっかり摑んで、階段を上がって山の中へ入っていった。

山の急勾配を登って、平坦なところに出た。背の低い木々が茂ってはいるが、密生した藪はなく、植林されたような林は綺麗だった。

こんなところでエッチなことをされたら、誰か来るような気がして不安だった。

「さあ」

ちょっと重そうに三脚を持っている山際に手招きされて、そこからさらに奥のうっそうと茂る自然林のような雑木林に連れていかれた。

少し湿ったような心地よくない木が密生した場所に来ると、いよいよ何か恐いことをされそうな予感がしてきた。地面が凸凹していて、歩いていてちょっと転びそうになった。ところどころ大きな石が地面から顔を出していた。

地面にはシダ類が茂っている。蜘蛛の巣が張っていて汚い。以前脚を虫に刺されてかなり腫れたので、死ぬほど嫌な蜘蛛やムカデなどいそうで、そんなところを歩くのは恐かった。

大きな鳥が鳴き声をあげずに、バサバサと飛んだ。その方向を見上げると「山鳩だよ、けっこういる」と、山際が教えてくれた。

山に入って十五分くらいは経っただろうか、道がもうないのに背の低い草木が密生した藪に分け入って、立ち止まった。

「ここだ。ここなら、絶対人は来ない。声も聞かれない」

山際が言うように人が来るようなところには見えなかった。四方が藪で、下から来る道のようなものはなかった。どうやら山際があらかじめ考えていた場所らしい。

「もう少し行くと、絶壁みたいになってるから危ないんだ」

言われた方向を見ると、木の間から空だけが見えて、そっちのほうがやっぱり絶壁なのだとわかる。何も知らないで行くと、落っこちてしまいそうでゾッとした。

「ここに来るには今通ってきた道しかないから、誰か邪魔なやつが来るとすぐわかるから大丈夫……。むふふ、外で少女とヤルのは初めてだ」

ヤルというのがセックスだということはもうはっきりしていた。こんな山の奥まで入ってきて、適当に触るくらいのイタズラで終わるはずがない。それくらいわかる。

友莉は再び服を脱がされていった。外で裸になる恥辱感と普通でない解放感で舞い上がった。

地面に落ちる木漏れ日はキラキラ光って、どこか幻想的に見えた。友莉の白肌の小さな身体が森の木漏れ日に包まれている。

「ほーら、山の中で裸にされて……友莉ちゃんも内心望んでいたことだろ。期待してたよね？」

「い、いやぁ……」

山際の言うことは当たっているが、少し呆然として何も言えない。

「この木の分かれたところに乗って」

「えっ……」

大人の太腿くらいの太さの木の幹が低いところで二つに分かれていた。やや細いほうの幹は緩い角度で横に伸びていた。すぐ脚を上げて乗れる高さだった。

山際は持ってきた三脚を木の向こう側でしっかり地面に立てて、カメラで友莉が映るようにセットした。

（あぁ、こんな山の中で、おチ×ポ入れるところ撮られちゃう）

初めて完全に犯される。それをばっちり動画に撮られてしまう。そう思うと、山際が言った露出マゾの少女美とかいう恐い言葉が、精神的な意味で女の子の一番隠したい敏感な部分に刺さってくる。

山際はその木を前もって知っていたようだった。友莉は言われたとおりまず右脚を木に乗せたが、両脚とも乗せるのは恐かった。

山際が背後に立った。友莉は抱えられてその木に両脚とも上げさせられて乗せられた。太いほうの幹に手をついて、身体は山際に支えられている。友莉のお尻はちょうど山際のお腹の高さにあった。友莉は山際が何を企んでいるかピンと来た。

友莉の背後で、山際がごそごそと自分のズボンを触る音が聞こえてきた。ジッパーを下げる音がした。

「ああっ、そんなこと、恐いぃ！」

山際は下でニョキッと勃った肉棒を構えていた。

やろうとしていることはわかる。

（ビンビンのおチ×ポの勃起を、やーん、生理の穴を上からかぶせてこようとしてるぅ！）

ついに大人の勃ったペニスで犯される。しかもわたしの体重を利用して……。

「先生ぇ、前にお家に呼ぼうとしたときから、ここでするつもりだったのね？」

「ぐふふふ、山の中をあちこち探してたんだ。友莉ちゃんの処女喪失にピッタリの場所を。友莉ちゃんを最高に悦ばせるための聖地みたいな場所をね」

山際はまた異様なことを口にしながら、黒縁眼鏡のレンズの向こうで細い眼をギラリと光らせた。

「先生が喜ぶためだもん。わたし、もうわかってる。どういうふうにしたいのか……」

友莉は華奢な腰を手で摑まれて、下で構える肉棒へ向けて股間の位置がずれないようにされた。

「さあ、ゆっくり片足ずつ下ろして」

「あーう、こんな恥ずかしいやり方ってないわ」

見えないバックからの挿入なので恐怖を感じる。あまりにも恥ずかしくて、恐くて……でも、自分を投げ出してしまう、何か解放されるような感覚になって、不思議な興奮と快感に取りつかれている。

「最初、木の切り株を見つけて、そこに友莉ちゃんを乗せて下ろしながらハメハメすると面白いなって思ったんだ。だけど、人に見つかりやすいところだったからね。でも探してるうち、ここを見つけたというわけさ」

友莉が思ったとおり、山際は以前からこの山に入って、どスケベなやり方で犯すことを企んでいた。それがわかって、全裸の友莉は寒さよりもおぞましさで鳥肌が立ってきた。今から山際の異常なほどいやらしい欲望の餌食になっていく。

「大人だと重くて大変だけど、友莉ちゃんなら……」

子供の体重の軽さを利用して変な格好にさせて、思う存分セックスの道具のように扱おうとしている。友莉はそれがわかって嫌な気持ちにはなるが、過激な恥ずかしい格好に興奮させられそうな気もしてくる。

（あぁ、わたし、先生の思うようにさせてしまうわ……）

片脚を地面に下ろしていく。友莉は山際に後ろからしっかり抱きしめられていて、ゆっくり身体が下降した。お尻の位置が下がると、膣穴に山際の肉棒が下からまっすぐ突き立った。

った。

脚が地面につくギリギリまで身体が下降すると、友莉の体重がまともに肉棒にかかった。

膣のとば口に、亀頭がぐちゅっと入ってきた。

「あうぎゃあぁっ！」

山際の肉棒がズブズブッと、友莉の膣に侵入してきた。身体の中心が割り開かれていく思いで、激痛が膣を襲った。切れるっ――と、泣き顔で後ろの山際のほうを振り返った。

「ひぎゃあぁあああぁーっ！」

大人の、カチンカチンに硬く立ったおチ×ポの棒が胎内に惨《むご》く入ってきた。顔が苦痛で歪んでいる。

一度修学旅行先の大浴場で挿入されかけた。先っぽの亀頭だけ入れられたが、あれから月日が経っている。けれど、今日まで大人の太い肉棒はその全部が入ったことはなかった。

痛いのはわかっていた。でも、入れられたいというどこかマゾ的な気持ちはあの日以来ずっと持っていた。それが今、木から落ちてきて、処女の穴が勃起ペニスにかぶさってしまう恥ずかしいかたちでついに犯された。

「いやぁーっ、せ、先生っ……あうがぁぁ、だ、だめぇぇぇ……い、いやぁあぁぁぁーっ！」

亀頭が子宮の位置まで入って、友莉はかん高く啼いた。膣の底の底、行き止まりに山際のおチ×ポの棒杭が打ち込まれて、子宮を押しつぶしたのをはっきりと感じた。肉棒は根元まで挿入されて、もう絶対抜けないと思わせる嵌り方をした。

ギンギンに勃った肉棒が体内深く嵌って、先っぽがぶつかってくるので、子宮口の位置を意識させられた。生まれて初めて感じる膣奥での肉棒の感触と膣壁の拡張感だった。

とうとう大人の勃起を幼膣深く挿入された。漲ったものが今、友莉の胎内いっぱいに収まっている。

（あぐぐ、は、入ってるぅ……）

亀頭までしか入ったことのなかった膣内に、恐怖を感じていた大人のペニスの全体が挿入された。覚悟していたこととはいえ、太くて長い男根で幼膣を串刺しにされてしまった。愛らしい花びらのようなおちょぼ口を大きく開いて「はふっ」と嘆くような深い溜め息をついた。

山際が肉棒の抽送を開始した。

「あ、あぁあああっ……せ、先生のが……う、動いてるっ！」

筋肉の硬さを膣で感じるナマの棍棒が力強く侵入してきて、そのあとゆっくり抜けていく。山際は肉棒を引くとき友莉の身体を抱く力が強くなって、背を反らせながら上へ持ち上げる。まだ友莉の右脚は横に出ているほうの幹に乗っている。その脚を下ろしたら、体重のすべてが山際の肉棒に乗ってしまう。

「友莉ちゃん、ここまでくるのに、けっこう長かったね」

「はぁあうっ……」

長くなんかなかった。あっという間だった。そんな気がしている。

胎内で肉棒の上下動が繰り返される。徐々に速度がついてきた。

「あはぁあうぅぅぅーん！」

友莉の声が、ビブラートがかかったように震えて長く尾を引いた。

肩より下まである黒髪が乱れて、後ろの山際の顔にもかかっている。髪の匂いを嗅がれ、舌で舐められた。肉棒のピストンを受けて錯乱し、喘ぎながら、そんな山際の行為にも気持ち悪さを感じている。

「本当はまだ胸板から乳房が飛び出したくらいのときに、ここに連れてきて、たっぷりイタズラして挿入して、イカせてやりたかった」

「うあぁ、そんな早くからされてたら、おかしくなっちゃってるぅ」

「いや、感じて、アヘアへになって喘いでるかも」

「違うー」

亀頭がドンと子宮口に衝突した。

「あぐぅっ！」

そこが子宮なんだ……と、その位置を山際のペニスが到達した深さであらためて感じてしまう。

「ああーっ、あっ、あっ、あーあうぅ、あぁああああっ……」

右脚は木に乗せているが、左脚は伸びきって地面につきそうになった。そんな変則的な格好でズンズンと思いきり肉棒を打ち込まれて、痛みと快感と衝撃でもう何も考えられなくなっている。喘ぎ声も震えてしまい、快感の塊が膣内にできて、ジンッと幼い媚肉が痺れた。

「あはぁっ、だめぇえーっ、あうはあっ……あーはぁあっ、ぐぅっ、うわぁうっ！」

激しい喘ぎ声を小さな口から奏でていく。友莉は今、自分の膣がどこにあるのか、その位置が感覚の中で不確かなほど山際の肉棍棒でぐちゃぐちゃにえぐられ、攪拌されている。

ズコッ、ズコッと、ピストンがさらに速さを増してきた。

「あはぁっ、ああーっ、あうぅぅうっ！」

友莉は淫らな声をあげて、身体がたわみ、よじれ、伸びきった。幼膣にズコズコと肉棒を打ち込まれ、頰がふっくらした可愛い小顔を歪めていく。

「友莉ちゃんは、声がかん高くなったり、かすれたり、ぐっと詰まったりしてる。高いところからストンと落ちて、その変化が大人並みの喘ぎ方だね。本当に恥ずかしい淫らな少女のエロをよく表してる」

じっくり耳元で言われて友莉は涙がこぼれそうになった。次の瞬間、友莉は木から下ろされて両脚とも宙に浮いた。山際に身体をしっかり抱きしめられて、踏ん張って支えられている。

「あぎゃああっ、許してぇ！」

恐いっ。

体重が全部山際のおチ×ポの硬い棒杭にかかってしまう。

肉棒がズブズブッと、根元まで嵌り込んできた。

「ほーら、完全にマ×コに嵌った。今、グジュッと奥で……むふふ、子宮口をチ×ポの先が擦って通りすぎていったような感じがしたぞぉ」

「ふぎゃあぁあうぅぅーっ！」

言われたとおりだった。友莉の感覚でも子宮がつぶれるような衝撃に打たれていた。

「どんな顔してるの、見せてごらん」

背後から邪悪な声が聞こえて、思わず首だけひねって振り返る。

「あっ、そんな顔をしてるの。可愛いお口が開いちゃってるね。下の口もパクッと開いてるのかい？」

「あうぐ、し、下の……く、口ぃ？　やぁぁぁぁーん」

「お肉の割れ目が口を開けて、ほら、愛液がトロトロ出てきた。チ×ポでわかるぞぉ」

「い、いやぁぁっ……」

愛液の溢れは友莉も言われて、すぐにそれを感じた。処女穴が裂けるほど開いて、痛くて、お腹の深くまでお肉の棒が嵌ってきているのに、快感を味わっている。今、自分が犯されて感じているとはっきり自覚した。

「ふっふっふ、すごいねえ、処女喪失なのに……でも、友莉ちゃん、×学生なんだね。ランドセル背負って学校に通ってるんだ。今度来るときはランドセル持ってきてね。そしたら、スッポンポンの真っ裸でランドセル背負わせて、おチ×ポをズボズボ嵌めてあげるから」

「うあぁ、死ぬぅ！」

自分の体重で山際のペニスが深々と胎内に挿入されて、ズコズコ突き上げられている。だが、山際はちょっとやりにくくなったようで、友莉はやがて前に倒されて四つん這いにさせられた。

山際は友莉をその格好にさせておいて三脚につけたカメラを持ってきた。

「むふふ、ちゃんと撮れてるかな？」

「あぅ」

動画を見せられた。見たくないっ……という顔になって、顔を背けるが、どうしても薄目を開けて見てしまう。

「ほーら、ズボッとぉ」

「ああっ、やぁーん、そんなもの消してぇ！」

見せられたのは、自分のいたいけな幼穴に野太い山際の肉棒がブッスリと槍で刺すように嵌っている映像だった。肉棒の尿道の膨らみが卑猥で、それが自分の膣でギュッと圧迫されて嵌っていく。友莉はあらためて犯されたと実感させられた。そして、どうしても幼膣が感じてしまうのだった。

「むおお、やっぱり小さくて、まん丸い少女のお尻は興奮ものだ」

「やーん、う、後ろから……来ないでぇ、い、いやぁぁ」

バックポーズは友莉にとって、身体を持ち上げて行われる挿入より屈辱感が強かった。四つん這いで背後から見られたら、女の子の羞恥部分——前後の二穴が丸見えになってしまう。

「こういう少女の丸っこい尻は、バックからヤルと興奮するぞぉ」

山際が手で肉棒を持って、ペチペチ亀頭で友莉の恥裂を叩いてくる。そのやり方も恥辱を感じた。

山際は友莉を恐がらせておき、不意討ちにするように一気に挿入してきた。

地面に手をついて、バックポーズで思いきりドンと腰を打ちつけられて、邪悪な剛棒を最奥まで嵌め込まれた。

「あうぐあぁぁぁっ！」

肉棒がズンズン打ち込まれてくるたび、友莉の身体が前につんのめるように飛び出した。

「うわぁあン、う、後ろからは、いやぁっ！」

友莉の黒目勝ちの瞳から涙がこぼれた。その涙には、動物のような格好でセックスされるのは許してほしいという祈りが込められていた。友莉は手足につく土の感触や臭いを気にする余裕はなかった。

山際はうおおと雄叫びをあげながらペニスを突入させてくる。四つん這いに移行してからは、抱え上げてヤルよりも抽送の速度が増して、ズコズコ、ズコズコと容赦ないものになった。

やがてその抽送が止まったと思ったら、手が横から下腹に回されてきて、クリトリスをいじられはじめた。山際は敏感な肉芽を刺激しながら、肉棒をゆっくり出し入れさせてきた。

「あ、あぁあああぁあっ、い、いやっ、あう、あぁあン！」

さっきよりも快感がグンと増してきた。また愛液がジュッとなって溢れてしまう。

その思いが友莉を悩ませる。

「むぐぅ、締まってくるぞぉ……」

えっ、何が……ああっ、わ、わたしの女の子の、あ、穴がなの？

友莉はアソコの締まりを考えてしまう。感じているのでそうなるのはわかっていた。でも、激しく犯されてギュッ、ギュッとおチ×ポを締めつけてしまうのが哀しかった。

クリトリスのお豆さんを揉まれておチ×ポを出し入れされると本当に弱い。かなり感じてしまった。もともと山際の家でたっぷりいじられて感じまくり、愛液も出まくってイカされていたから、犯されて子宮までズコズコ出し入れされても、感じてしまったのかもしれない。そしてクリトリス摩擦も合わさって、今バックで犯されっぱなしになって、身も心も山際が言うマゾ少女にされてしまった――。

「すごいね、膨らんできたオッパイが揺れてるよ。ほらほら、オッパイも感じてるのかな？」

山際は肉棒を打ち込みながら、友莉の乳房にも触ってきた。四つん這いで下を向いている友莉も、重力で乳房がやや下垂していることは感じていた。大人のように大きい乳房ではないが、プルッ、プルッと小さな波を起こして揺れている。

「将来美人になって、恋人とか旦那にたっぷりヤラれるよ。すべてのことをされるぞ。今先生がヤッてるけれど、もっとスケベにヤラれるんだぞ」

「はぐぅぅ、ち、違うわ。あ、愛してる人は、あぁ、違うぅ……」

「違わない。同じだ。セクシーで、マゾな女の子だから、じっくりたっぷり貪りつくされて、浣腸される」

「か、浣腸ぉ？　いやぁぁ」

「いやっと言いながら、絶対される。感じまくる。友莉ちゃんは浣腸を我慢して我慢して、我慢させせられる中で、ドビュビュッと射精されちゃう」

「だめぇぇっ」

友莉は言葉で洗脳されたくないと、首を振りたくった。

山際の肉棒でバックから激しくピストンされて、身体がガクン、ガクンと揺れに揺れていく。愛液が溢れ、その滑りも手伝って、肉棒の抽送が速度を増してきた。

「ズボズボ入るところを撮られてるぞぉ」

「いやぁぁぁ……あはぁうぐぅ、あううぅぅーっ！」

幼膣に裂けるような痛みが襲ったが、膣底に亀頭が達して、その状態がしばらく続くと、膣が自然にギューッと締まるのがわかった。反射的にそうなるのだが、気持ちで膣圧を入れてしまう面もある。

「あンうあぁーっ。深くは、だめぇーっ！　あ、アソコがぁ、ギュッとなっちゃうぅ！」

膣穴の入り口から奥の奥まで、簡単にズボズボと牡棒が出入りしている。犯してくるおチ×ポを少女のお肉の壁で搾り込んでしまった。

……と、四つん這いになっていた友莉は、急に片方の脚を両手で掴まれて横に上げさせられた。

脚はぐるっと、山際の顔の前を反対方向へ回された。

「はンあぁうぅっ――」

ぎっちりと膣奥まで嵌っていた肉棒が回転して、膣肉がえぐられるかたちになった。友莉の身体が山際のほうを向いた。

「今度は、前向きじゃぁ！」

再び抱き起されて、さっきと同じようにだが、山際のほうを向く格好で肉棒に友莉の体重がかかるように持っていかれた。

友莉は軽々と山際に抱え上げられ、いわゆる駅弁ファックの体位を取らされた。木を利用したときとは形が違うが、同じように身体が宙に浮くことになった。

高く抱き上げられて体重でペニスを挿入されている。上下に身体を揺すぶられて、下から突き上げられてヤラれると、乳房がタポタポと上下動した。

そのとき、下半身から上へ上へと性感の波が押し寄せ、身体中が痺れるように強張った。

ギューーッと強烈に山際の太いチ×ポに膣圧をかけて、握りしめるような状態が続き、そのあとギュギュッ、ギュギュッと、括約筋がリズミカルな収縮を繰り返した。

「お、奥までぇ……だめぇぇぇ、破れるぅ！　ああー、パパ、ママァ！」

親に助けを求めながらも、たまらない快感が脳天まで突き抜けていく。

「もう、だめになるぅ。死ぬぅ！」

身体を持ち上げられて、体重で下から肉棒の串刺しになる状態は、友莉の脳内に快楽物質を分泌させはじめた。

抱えて上下動させてはいるが、両脚が浮いた状態では山際もかなり疲労するように見えた。やがてもう一度片脚が地面について、別の脚も木に乗せて、ちょうどいい具合に友莉の体重が肉棒にかかった。その状態で激しくズコズコと突き上げられた。

「あぁあう、あうぅぅ、あふうぅぅぅぅぅーん！」

嘆くようなメロディを奏でる喘ぎ声を披露した。大人の淫らな声と変わらないが、少女の可愛い声だから、男にとってゾクゾクするいやらしい責めの気分が味わえる。

「おうぅ、むほおっ……」

山際の声を聞くと、おチ×ポで感じているのがはっきりわかる。

「ふぎゃぁあっ……あひいっ、ひンいぃぃぃっ！」

動かないでっと叫びたいが、声は出なかった。すさまじく速く深く突かれはじめた。

（出す気になってるっ――）

友莉は勘づいた。

「やめてーっ、射精はいやぁぁ……」

「最初は、だ、出すぞぉ。おうあぁっ……」

「はぁうぐぅっ……あぁあああっ、イ、イクゥ！」

「おうむっ……×学生に初めて出す！　おううっ、ぐおおおっ！」

ドュビュッ、ドビュルッ！

「はぐぁうっ……イクッ、クゥッ、イクーッ、イクゥゥゥ――ッ！」

友莉は胎内で熱い吐精をはっきりと感じた。膣肉の快感が急激に昂り、乙女の幼穴が痺れまくって絶頂に達した。

吐き出された精汁は、友莉の膣の容量と比べてその量が多すぎた。射精しながら肉棒が押し込まれると、そのたび膣の外へ精汁がビチャッと飛び出してきた。

「だめぇっ、赤ちゃんができちゃう！」

膣内の肉棒がビクン、ビクンと脈動し、熱液が繰り返し身体の奥の奥に吐き出されるのを感じた。

子宮に精子の入った熱いドロドロがいっぱい入ってくるのを感じた友莉である。孕む恐さで膣穴とお尻の穴をピクつかせている。

「ま、まだだ……まだだぁ……」

山際の淀んだおぞましい声が聞こえてくる。

ドピュッ、ビジュルッ――。

亀頭を最奥に押しつけられて、熱く射精された。

友莉はまたもや子宮内部にジュッと染み渡る熱い液をおぞましく感じ取った。

山際は射精しながら深く膣底に達するまで挿入して、また、ドビュビュッ、ドビュビュッ……と、駄目を押すように子宮口へ発射した。

「むぐおっ、こ、濃いぃのがドバッと出たぁ」

いかにも満足そうな山際のどす黒い声だった。

ズヌルッ……。

射精後の半立ちの肉棒が、友莉の幼膣から抜き取られた。

膣括約筋で強く締めつけられていた肉棒が、その膣圧がかかったまま抜き取られた。

「あンやぁあああっ！」

友莉は亀頭の高いエラで膣内をえぐり出されるような快感に見舞われた。

(膣の中がぁ……ひ、引きずり出されるぅ……)

幼膣の神秘的なお肉の一部が外へ出てきそうな気がした。膣圧と、膣壁が大人の野太い肉棒でいっぱいに拡張されていたせいで、肉棒が抜けていくとき、生殖器の媚肉が引っ張り出される感覚のような悪寒が走ったのである。

肉棒が引っこ抜かれると、中出しされた白濁液が塊になって膣穴からドロッと出てきた。溶岩のように粘りのある濁液がゆっくりお尻の穴まで流れていった。

色が濃くなった大陰唇とその内側のビラッと開いた小陰唇が、少女なのに少女でないかのような風情で淫らに花びらを震わせている。

友莉は脱がされていたレースのパンティで精液を拭かれた。そのヌルヌルの液がついたパンティを口に咥えさせられた。

「おぉ、いい顔になってる。さてと……」

射精した山際はちょっと落ち着くと、三脚に取りつけていたカメラのところに行って、パンティを咥えた友莉の顔にカメラを向けた。動画だから顔を向けているとずっと撮られるままになる。友莉は全裸で精液のついたパンティを口に咥えた姿を横に立った山際とツーショットでしばらく動画に収められた。

「先生ぇ、これで終わったのぉ？」

「うん、終わったのか、それとも始まったばかりなのか」

「えーっ」

「ヤラれたがってる少女を感じさせてイカせて調教するやり方は、ほかにもいろいろあるよ。次来るときは縛ってじっくりバイブとかで嬲ってみようね」

「うあぁ、縛るのぉ。調教ってぇ？」

「ＳＭの道具を買っておくよ。媚薬とかも……友莉ちゃんのオマ×コに塗りつけて、感じさせてヒイヒイ言わせてあげる」

「感じる薬なの？　恐そう……」

友莉はＳＭと言われてもわからなかったが、辱めて感じさせ、イカせる大人のいやらしい玩具だということは想像できた。

「あぅ、でも、先生ぇ……これからも、お、お願い……」

友莉は少女とも思えない淫靡な眼差しで山際と眼を合わせ、舌で上唇をネットリと舐めてみせた。それは少女でも本能的に持っている女の媚態だった。

「うん？　何だ……」

山際が黒縁眼鏡のレンズの向こうから、ニヤッと笑う眼で見てくる。友莉はぽってりした唇を少し突き出し気味にして、これまでほとんどされてこなかったキスをおねだりしてみせた。

「ふふ……先生はね、愛がないんだ、エロはあるけど。だからキスは苦手だ」

そう言われると、友莉は悲しいほどではないが、普通に黙ってしまう。

「次来るときは、ここにもおチ×ポを入れてやる」

えっ、どこに？　と、思う間もなく、手をお尻のほうに回されて、貫通された幼膣のすぐそばにある小さな皺穴に指を入れられた。

「ンアッ——」

横に立った山際に腰に手を回されて抱えられ、人差し指と思われる指をズプッと深くまで挿入された。

「だ、だめぇぇぇ……」

まだ幼膣に肉棒の感触が残っている友莉は、お尻の穴でも指を味わわされていく。

（お、お尻の穴に、おチ×ポを——）

肛門はセックスをする穴じゃない。そう訴えたいが、そんな言葉は今、口に出せなかった。

大人の玩具で感じさせられて、挙句の果てにお尻の穴に太いおチ×ポを入れられる。出し入れされているうち、感じちゃうのぉ？　そんなのって、わたし、恐い……。でも、それ、自分からさせてしまうかもしれない。

友莉は山際の指を幼い肛門括約筋でクイクイ締めていく。ショックと快感による反応だが、故意に力を入れてもいる。

「友莉ちゃんは、先生の娘みたいに思えてきた」

何を言い出すのか、少し異様な感じがする。だが、妙に落ち着いて言っている。お尻のほうに回った山際を友莉が振り返ると、眼を合わせてきた。

「先生、ずっと前に離婚したんだけど、その原因はね……実は、娘にイタズラしちゃったからなんだ」

「ええっ……や、やだぁぁ！」

ぞっとする山際の告白だった。指が肛門にニュウッと入ってくる。その指はぐっと鉤形に曲げられて、何かお尻の中をフックで引っかけて逃がさないようにしているかのようだ。

「そのイタズラしたのがね、ふふふ、お尻の穴だったんだよ」

「そんな、いやいやぁーっ！」

その言葉でさらにおぞましくなる。お尻の中で曲げた指を、グリッ、グリッと左右に回してくる。何度も回して、まっすぐ伸ばしたと思ったら、ズプズプと出し入れしてきた。

ズブズブッと、指一本根元まで嵌めて、またその指を、ネジを回すように何度も回して友莉の直腸の肉壁をえぐってきた。

「ひぐぅっ、お、お尻にするの……やぁぁぁーん！」

友莉は意外なほど感じて、顎がクッと上がり、背を弓なりにさせた。

「ま、また、勃《た》ってきた」

山際はまもなく指をヌポッと、お尻の穴から抜いた。

お尻が山際の大きな手でがっちり掴まれた。

両手の親指を尻溝の左右に食い込まされて、肛門をグッと横へ広げられていく。

「ええっ、な、何っ？」

「次じゃなくて……ぐふふ、今からズボッと！」

すみれ色の皺穴に、亀頭が着地した。

「うンぎゃあぁあああうぅうぅぅーっ！」

友莉のもう一つの処女穴に、つい最近まで担任の教師だった男のペニスがただの一突きで入ってきた。

◉新人作品**大募集**◉

マドンナメイト編集部では、意欲あふれる新人作品を常時募集しております。採用された作品は、本人通知のうえ当文庫より出版されることになります。

【応募要項】 未発表作品に限る。四〇〇字詰原稿用紙換算で三〇〇枚以上四〇〇枚以内。必ず梗概をお書き添えのうえ、名前・住所・電話番号を明記してお送り下さい。なお、採否にかかわらず原稿は返却いたしません。また、電話でのお問い合せはご遠慮下さい。

【送付先】 〒一〇一－八四〇五　東京都千代田区神田三崎町二－一八－一一　マドンナ社編集部　新人作品募集係

美少女《びしょうじょ》コレクター《これくたー》　狙《ねら》われた幼乳《ようにゅう》

二〇二一年七月十日　初版発行

発行◉マドンナ社
発売◉二見書房
東京都千代田区神田三崎町二－一八－一一
電話　〇三－三五一五－二三一一（代表）
郵便振替　〇〇一七〇－四－二六三九

著者◉高村マルス【たかむら・まるす】

印刷◉株式会社堀内印刷所　製本◉株式会社村上製本所　落丁・乱丁本はお取替えいたします。定価は、カバーに表示してあります。
ISBN978-4-576-21087-2◉Printed in Japan◉©M.Takamura 2021